T0270409

Megan Hunter

LA ARPÍA

Vegueta Narrativa

Megan Hunter (Manchester, 1984) es una joven y brillante escritora inglesa cuya poesía fue finalista del prestigioso Premio Bridport. Licenciada en Filología Inglesa, que estudió en las universidades de Sussex y Cambridge, su primera novela, *El final del que partimos*, publicada en castellano por Vegueta en 2019, fue un éxito inmediato de crítica y público. Seleccionada por los libreros independientes ingleses como # 1 Indie Next List, nominada al Premio Aspen Words, finalista de los Premios Barnes and Noble Discover, ganadora del Premio Elección del Editor de Forward Reviews, mejor novela del mes en Amazon en literatura y ficción, y preseleccionada como Novela del Año en los Premios Books Are My Bag, ha sido publicada en Reino Unido, Estados Unidos y Canadá, y se ha traducido a ocho idiomas.

Su prosa, además de seducir a autoras de la talla de Tracy Chevalier, que ha dicho de ella que «tiene la comprensión de un poeta de cómo hacer que cada palabra cuente», llamó la atención de la productora del galardonado actor Benedict Cumberbatch, que se ha hecho con los derechos de *El final del que partimos* para llevarlo próximamente a la gran pantalla. Sus obras han sido reseñadas en The White Review, The TLS, Literary Hub o BOMB Magazine, entre muchas otras publicaciones literarias.

La Arpía, una excelente y profundamente inquietante segunda novela con la que se sumerge en el drama que supone la infidelidad en el matrimonio, la ha consagrado como una de las voces más importantes de la literatura contemporánea.

Vegueta Narrativa
Colección dirigida por Eva Moll de Alba

Título original: *The Harpy* de Megan Hunter

© 2020, Megan Hunter
© de esta edición: Vegueta Ediciones
Roger de Llúria, 82, principal 1ª
08009 Barcelona
www.veguetaediciones.com

Esta obra ha recibido una ayuda a la edición
del Ministerio de Cultura y Deporte

Traducción de Inga Pellisa
Diseño de la colección: Sònia Estévez
Ilustración de la cubierta: Sònia Estévez
Fotografía de Megan Hunter: © Alex James
Impresión y encuadernación: Índice Arts gràfiques

Primera edición: septiembre de 2021
ISBN: 978-84-17137-61-8
Depósito Legal: B 4684-2021
IBIC: FA

Impreso en España

Megan Hunter

LA ARPÍA

Traducción de Inga Pellisa

Vegueta ⊞ Narrativa

Para Emma

¿Quién, sorprendida y horrorizada ante el tumulto formidable de sus impulsos (pues se la había inducido a creer que una mujer equilibrada poseía una... compostura divina), no se ha acusado a sí misma de ser un monstruo?

La risa de la medusa, HÉLÈNE CIXOUS

Es de muchacha el rostro de estas aves; su vientre depone la inmundicia más hedionda. Tienen las manos corvas. El hambre empalidece de continuo su faz.

Eneida, VIRGILIO

Es la última vez. Se tumba, una noche cálida, la camisa remangada, la cara vuelta a un lado. Es una de esas noches que antes me hacían sentir deseos de cruzar volando el cielo, de esas en las que crees que nunca oscurecerá.

Los vecinos andan haciendo barbacoas: el olor de la carne —casero y dulzón— le recorre el rostro. Abajo, nuestros hijos están acostados en sus camas, soñando al paso de las horas, las puertas cerradas, las cortinas cerrándole el paso a la luz tardía.

Hemos convenido en un cortecito en la parte alta del muslo, una zona que taparán los vaqueros, las camisas. Una zona carnosa, de hueso fuerte, casi sin vello. Una zona suave, aguardando.

Jake está impasible: es como un hombre esperando que le hagan un tatuaje. Le ha crecido mucho el pelo, se le riza en la nuca. Tiene los ojos cerrados: sin apretar los párpados, solo cerrados, como un niño avispado haciéndose el dormido.

* * *

Eran compañeros de trabajo, luego amigos, y al principio no sospeché nada. Había emails largos, atisbos que asomaban a la pantalla del móvil, apariciones. El azul virginal de la luz de notificación en mitad de la oscuridad. Noches en las que no podíamos ver la tele porque llamaba ella. Noches en las que me iba temprano a la cama, en las que disfrutaba de la cama entera para mí sola. Si entraba —para coger algo o apagar alguna luz— notaba que su voz sonaba distinta. No romántica, ni dulce, solo actuada. Su voz *de puertas afuera*, la que usaba con los carteros, con los vendedores, con la gente del trabajo. Me pareció que era buena señal.

* * *

Cojo la cuchilla —la he esterilizado, a conciencia, siguiendo las instrucciones de YouTube— y la apoyo en su piel. Aprieto, muy ligeramente, y luego con un poco más de fuerza.

* * *

La piel de Jake fue una de las primeras cosas en las que me fijé cuando nos conocimos. Era como la piel de un niño —era un niño—, alguien criado con leche, entre comodidades. Alguien que usaba bóxers grandes, holgadísimos. Que dormía sin hacer ruido, de costado. Que tenía una mata de pelo rubio y rizado, como un ángel. Hasta las pestañas las tenía enroscadas. Las lágrimas se quedaban atrapadas ahí cuando discutíamos. En el vientre, su piel era tan lisa y suave como la de una mujer. La primera vez que nos acostamos, la besé.

* * *

Se lo solté a la cara una noche, tarde, en pijama, apoyada en la nevera.

¿Quieres acostarte con ella?, le pregunté. *Creo que es mejor que lo hablemos claro y ya está.* Se echó a reír. *Me gustaría que la conocieras un día*, dijo. *Es...* Se detuvo, el silencio suplió su insulsez, su edad avanzada, su aliento rancio. *Es una mujer casada*, dijo al fin. Me miró, casi con ternura. No nos tocamos.

* * *

Levanto la cuchilla y una gota de sangre de cuento de hadas escapa de debajo del metal. Los colores son los más vivos que he visto nunca: rotundos y caricaturescos, piel blanca, camisa azul mar y rojo oscuro, brotando y buscando. Él no hace un solo ruido.

I

~

Me pregunto si la gente me creería si les dijese que no he sido nunca una persona violenta. No he sujetado nunca en el hueco del brazo el pescuezo caliente de un animal y le he arrancado la vida de un crujido. No he sido nunca una de esas mujeres que fantasean con ahogar a sus hijos cuando se portan mal, que capta la imagen cruzando por su mente como un tren a toda velocidad.

No he forzado nunca a nadie, no le he metido nunca las manos por debajo de la ropa y he intentado exprimir amor de un cuerpo. Nada de eso.

Incluso de pequeña, recuerdo la sensación penetrante que dejaba la culpabilidad, cuando aplastaba con la punta del dedo un insecto, y otro, y otro. Veía el universo parpadear, de la vida a la muerte, un fogonazo como el que despediría, decían, una bomba nuclear. Vi lo que era capaz de hacer mi dedo, y lo detuve.

~

1

Sucedió un viernes, los chicos al último compás de la semana, yo intentando aguantar firme por ellos, un barco en puerto, algo de lo que apenas se alcanza a ver el fin. Los recogí del colegio, repartí la merienda, guardándome los jirones de sus días, los envoltorios de sus dulces. Estábamos casi en mitad del invierno: el sol se iba poniendo mientras volvíamos a casa, apagándose contra el campo de juego de detrás de casa. Los pájaros se alejaban volando de nosotros, como trazos de plastidecor surcando los colores.

Por aquel entonces, yo no dejaba de oír bandadas de gansos encima del tejado, me sentía como si viviera en unas marismas en lugar de a las afueras de una ciudad rica, pequeña. Cerraba los ojos y lo sentía: el cieno verde del agua de la tierra, subiéndome por la piel.

~

Si alguien lo descubre alguna vez, sé a qué conclusión llegará: que soy una persona horrible. Soy una persona horrible, y ella —la que lo ha descubierto— es una buena persona. Una persona buena, generosa, amable. Atractiva, con un olor agradable. Esta persona —esta mujer, tal vez— no haría nunca las cosas que he hecho yo. Ni lo intentaría siquiera.

~

2

Los chicos estuvieron contentos ese día; no hubo dramas, no hubo niños tirados en mitad de la calle.

Cuando eran más pequeños, me pasaba el día entero recogiéndolos del suelo, afrontando la posibilidad de quedarme estancada en el camino un minuto más, una hora más. Una semana. El mayor, Paddy, no había superado nunca el nacimiento de su hermano, y cuando era más pequeño montaba en cólera a diario, hasta que parecía que íbamos a quedarnos atrapados en ese instante para siempre.

Justo antes de enterarme, había comenzado a sentir que los niños eran criaturas que había soltado de su jaula. De pronto eran seres libres, ágiles, que daban vueltas a mi alrededor. Paddy, en especial, poseía una nueva quietud interior que yo había terminado identificando como un yo, pensamientos que empezaban a formar lugares densos y misteriosos, mundos enteros de los que yo no sabría nunca.

Esa tarde se estaba portando bien con su hermano pequeño, su amabilidad un alivio caído del cielo. Y Ted empeñado en no apartarse en ningún momento de su luz benévola, de su claridad casi mística, como los rayos de luz al fondo de la piscina.

Estaban cogiendo palos, piñas. Ted se había remangado el bajo del jersey del colegio, y los colocaba en la tela replegada, con los deditos rosados de frío.

¡Ponte los guantes! Después de siete años las expresiones hacía mucho que habían quedado vacías, pero yo seguía usándolas. Resultaba raro que tuviese que controlar la incomodidad de los niños en lugar de aceptar simplemente que les daba igual, que puede que incluso les gustara la sensación: la carne convertida en hielo, entumecida y hormigueante.

Cuando cruzamos el campo, el sol ardía moribundo, tan bajo que casi podías mirarlo de frente. Ted se me agarró, y era terrorífico, si lo pensabas: una bola de fuego tan cerca de nuestra casa.

La casa, en los últimos años, había empezado a parecerme un amigo personal, algo similar a un amante, una superficie que había absorbido tantas horas de mi vida que mi ser impregnaba sus paredes como humo. Me la podía imaginar fácilmente saludándonos con un guiño cuando nos encaminábamos hacia ella, sus ventanas a todas luces ojos; la rectitud cerrada, discreta, de su boca trasera. Aunque me había pasado el día entero allí, quería sentirla de nuevo: la calidez tranquila y automatizada de la calefacción central, la presencia firme de sus paredes.

Cuando entramos, la luz anaranjada del sol se deslizaba hacia los límites de la casa, subiendo por las cortinas, retirándose. Los chicos se desplomaron en el sofá, las manos buscando ya el mando a distancia. Yo era siempre desprendida con la televisión; no sé si habría sobrevivido de otro modo, sin los pensamientos de los niños separados de los míos, despegados y metidos en una caja. Cuando Ted era un bebé y Paddy muy pequeño, la ponía durante horas por las tardes, las musiquitas se acoplaban al latido de mi corazón, se convertían en parte de mí. Incluso años después, cuando oía las canciones de los programas que le gustaban a Paddy por aquel entonces, se me antojaba siniestro. *Eres una mala madre*, cantaban los monos parlantes, las jirafas moradas. *La has cagado en tooooo-doo.*

Paddy era siempre capaz de ver la tele, tranquilo y callado, sin aburrirse ni distraerse. En los primeros tiempos, eso me había dejado tiempo para darle de mamar a Ted, esas largas sesiones que necesitan los recién nacidos, chupando y chu- ·pando, el ritmo regular de su boquita, con Paddy respirando despacio a mi lado, mamando de la tele.

Ahora, después del colegio, pasaba las tardes como una especie de camarera, y no me importaba. A lo mejor me recordaba a los tiempos en que trabajé en verdad sirviendo mesas, y haciendo cafés, y barriendo el suelo, por dinero. Me gustaban esos trabajos, la simplicidad, lo cansada que me dejaban, hasta volverme transparente, abierta por completo al mundo. El cansancio era distinto cuando no se esperaba nada de mí: era un placer deslizarme por un reservado de cuero con mis compañeros de trabajo al salir. Beber tanto que casi no veía nada.

Preparé las meriendas de los niños con las habilidades que había aprendido entonces, cuando colocaba las rebanadas de pan en hileras sobre la barra y las untaba de mantequilla todas de una vez. Recordaba a mi antiguo jefe de la sandwichería explicándome que la mantequilla formaba una barrera, y que así el relleno no traspasaba el pan. Iban siempre muy estresados, esos jefes, y yo flotaba por debajo de sus sentimientos, inexpresiva, perezosa. Me sentí un poco así ese día, mientras repartía los bocadillos a los chicos, sentados en el sofá; Jake estaba siempre diciéndome que no tendría que darles de comer ahí, que vendrían bichos. Y tenía razón. Yo había empezado a oír arañazos en las paredes, en los tablones del suelo; no era capaz de averiguar de dónde venían. Extendí unos mantelitos sobre el regazo de los niños, puse ahí los bocadillos y les dije que no tiraran migas fuera.

Iba de vuelta a la cocina cuando me sonó el teléfono. Hizo una especie de balido quedo, fácil de ignorar, pero yo me dirigí a él con algo parecido a urgencia, con Jake en mente, preguntándome en qué tren vendría. Había ido acostumbrándome al peor de los casos, las 19:15, los niños ya en la cama, la cena de Jake tapada con un plato, la casa y yo a solas, esperándolo. Pero seguía anhelando lo mejor, que fuese el de las 17:45, su ráfaga de energía del mundo exterior justo mientras se llenaba la bañera, justo cuando había que poner el lavavajillas. *Hoy a dormir con papi*, les decía sonriendo a los chicos cuando oía ese particular portazo en la entrada, y sus mejillas se alzaban con la alegría.

Digo que iba pensando en Jake, y en su tren, cuando oí sonar el teléfono, pero sé que es posible que no esté más que insertando ese dato ahora, como un contrapunto perfecto a lo que vino después. No llegué a tiempo de descolgar —pareció que sonaba solo un momento— y vi que había un número desconocido en la pantalla. Una serie de cifras en lugar de un nombre es algo que siempre me ha resultado hostil, señal de gente que llama para pedir dinero o favores. Puse el móvil boca abajo y busqué en la nevera un paquete de pollo, encendí el horno. Otra vez, la escalada borreguil de notas agudas, tan cerca de mi mano, ahora no había forma de ignorarlo. Le di la vuelta, vi que era el buzón de voz, me lo llevé a la oreja.

~

Aquí está: el último momento. Los niños están viendo la tele. Se ha ido el sol, el jardín no es más que una oscuridad rectangular junto a la puerta de atrás. Me miro: la miro.

Gira el mando, el horno está encendido, retroiluminado como un teatro, una vaharada de aliento caliente. El móvil, en la mano. No lo sabe. No sabe casi nada. Su piel es lisa, sin arrugas: aún está en la mitad de la treintena. No es guapa. No es excepcional en modo alguno. Pero tiene algo: su ignorancia, que se extiende desde ese instante hasta la eternidad, suyo.

~

3

Después del pitido, al principio no se oyó nada, y luego una profunda aspiración, como el ruido que hace alguien antes de soltar un suspiro. Y luego llegaron las palabras, no tanto palabras como rompeátomos, un experimento científico que alteró la composición del universo, el pollo envasado en plástico que tenía en la mano, la cocina, el fregadero, la radio.

Me llamo David Holmes. Soy el marido de Vanessa Holmes. He creído que debía usted saberlo...

Un gorgoteo, o un trago de saliva, algo demasiado gutural para escucharlo al teléfono, los engranajes internos, líquidos, del cuerpo de otra persona.

Su marido... Jake, Jake Stevenson... se está acostando con mi mujer. Está... Me he enterado hoy. He creído que debía usted saberlo.

Lo dijo dos veces: creía que yo debía saberlo. Su manera de decirlo —aun con aquellas fracturas en su voz, esa manera de oscilar, como la de un adolescente, de lo agudo a lo grave—parecía cargada de significado. Bien meditada, como si supiera que ese conocimiento era importante en un matrimonio, que era correcto. Tuvo la precaución de usar apellidos, los de todos. Para hacerlo oficial. Su tono era serio, de profesor, puede que lo fuese. He tenido siempre debilidad por escuchar a los académicos, por creer lo que dicen. Me instruí en ese arte en su momento.

De modo que, cuando oí esas palabras, lo primero que hice fue asentir, muy rápido, y soltar el pollo.

4

Imaginé cómo reaccionaría una mujer en una película al recibir esta información. Se echaría a temblar: extendí la mano, para ver si temblaba. Pero nunca he tenido un pulso demasiado bueno. Observé mis dedos, sus movimientos individuales, criaturas independientes que se estremecían bajo las luces de la cocina.

La tele continuó en la habitación contigua, soltando pulsos a pesar de todo. De niña me llevé una decepción al comprender que el televisor no me iba a mantener a salvo: lo había tomado por una presencia inteligente, capaz de percibir el peligro. Hasta que un día vi la reconstrucción policial de un asesinato, la mujer muerta en el sofá y la tele hablando sobre su cabeza.

Por favor, mami, ¿puedo beber algo? Les habíamos enseñado a los niños a decir por favor, pero no les habíamos enseñado a ir a la cocina y echarse agua con un juego de jarra y vasos de plástico colocado a su altura. No les habíamos enseñado y sin embargo les echábamos la culpa a ellos, nos mirábamos el uno al otro con los ojos en blanco cada vez que nos llamaban, sus criados. Cuando estaba sola me resultaba más sencillo hacer de criada, abandonarme a ese patrón particular de movimientos, del armario al fregadero, del fregadero a sus caras sedientas. La gente se queja de que las mujeres se abandonan a la maternidad, pero ¿no son muchas de las cosas que hacemos un intento de abandonarnos? Nunca me importaron demasiado los aspectos prácticos: el trajín constante, el quehacer de las manos.

Me puse con la cena. Solo sabía preparar unos cuantos platos, cosas sencillas, la mayoría. Tenía todo un estante lleno de libros de recetas, como casi todo el mundo, y cocinaba cosas sacadas de ellos de vez en cuando, en un arrebato de buenas intenciones por Año Nuevo o por una súbita inclinación en pos de un sueño. Pero esas recetas no llegaban a calar nunca, por fáciles que fuesen. Esto era lo que había calado: una pechuga de pollo, cortada en filetes, cada uno sumergido en un cuenco de harina especiada. Hasta especiar la harina me parecía sofisticado: la esperanza de que la sal y la pimienta se aferraran como fuese al polvo blanco y marcaran alguna diferencia en el sabor del pollo. Cocinar se me antojaba siempre misterioso, el arte de lo inadvertido.

Mientras fileteaba el pollo, noté que había cambiado: las fibras de la carne alteradas, más granulosas, la superficie sin piel casi opalescente. *Soy una mujer cuyo marido tiene una aventura*, me dije en mi cabeza, como si las palabras pudiesen cambiar en algo la realidad. Luego las dije en voz alta, quería paladear la frase bajo la lengua, deslizar sus candencias particulares entre los labios. Pronuncié su nombre.

Vanessa. Las primeras veces que la vi: riendo en nuestra fiesta navideña. Un apretón de manos fláccido en un evento de trabajo, y un rato después: la espalda muy recta, aplaudiendo.

Americana impecable, el pelo recogido detrás de las orejas. ¿Dónde compraba esas chaquetas? Imaginaba que tendría un *personal shopper*, alguien que desplegaba ante ella percheros de americanas casi idénticas, que describía las sutiles diferencias en el corte. *Vanessa Holmes.* Una ceja levantada, depilada hasta dejar en un hilo, la cola de un animal diminuto.

Me di cuenta de que tenía náuseas; me di cuenta como se da cuenta uno de que se ha caído un libro de la estantería: con indiferencia, con distancia. Cuando de parto con Paddy me ofrecieron petidina, me dijeron que no eliminaría el dolor pero que haría que me preocupara menos. *Lo verás ahí,* dijo la comadrona, *pero te dará igual.* Me atrajo, aquel dolor ajeno, pero no hubo tiempo de tomar el fármaco, porque de pronto Paddy llegaba ya y la opción se esfumó.

Después de cortar el pollo, exprimí un limón entero encima, como me había enseñado a hacer mi madre. A mi madre no le gustaba cocinar, pero sabía algunas cosas. Sabía que tenías que aplastar la gruesa piel amarillenta entre los dedos, clavarle las uñas, estrujar con fuerza. Mientras lo hacía reparé —de nuevo distante, desde un pequeño lugar retirado— en cómo me hacía sentir, como si un viento fresco me soplase a través del pecho. Estrujé más fuerte, el jugo cayendo en la sartén chisporroteante, los dientes cerrándose, la mandíbula apretada. Seguí haciéndolo, noté cómo la cara se me retorcía en una forma horrible. Cuando al fin terminé —cuando no quedó una sola gota de zumo en aquel limón— me di la vuelta para tirar la piel a la basura. Ted estaba en la puerta mirándome, con la boca medio abierta.

~

Hay un reguero de furia que recorre mi estirpe, de mi bisabuela a mi abuela, a mi madre, a mí. Puede que se remonte incluso más lejos, hasta mi tatarabuela, que tuvo doce hijos, tres de los cuales murieron.

A uno de ellos, según me contaron, lo dejaron fuera en un cochecito hasta que se le ampolló la cara entera bajo el sol. Es una historia que conozco desde niña, pero cuando se la expliqué a mi madre me dijo que me la había inventado. Me he quedado con la intriga acerca de esa madre de familia numerosa: ¿estaba demasiado ocupada para reparar en el bebé del cochecito? ¿Se le olvidó?

~

5

Terminó siendo el peor de los casos: llegó pasadas las ocho, los chicos dormidos, yo despierta del todo, hecha un ovillo en la cama de Ted, abrazándolo en busca de consuelo. No estaba bien recurrir a los hijos en busca de consuelo, lo sabía. Y aun así tenía muchos momentos como ese: después de una mala tarde, de un mal año, su cuerpo pegado al mío; su sueño, el ritmo más balsámico que podía imaginar. Le había estado cantando hasta que se durmió, esa noche: lo había pedido él, y no paré ni siquiera cuando Paddy se tapó las orejas con las manos y aulló *¡Calla ya!* Los dos, de hecho, se habían terminando acostando tranquilos, y yo canté hasta que me dolió la garganta y el mensaje de voz me pareció algo abstracto, peligroso solo muy remotamente, como un fuego artificial relumbrando en el cielo.

Oí el chirrido y el soplo como de acordeón de la puerta, tan familiar. Los pasos de Jake, su bolsa posándose en la silla junto a la mesa. No me moví. Jake llamó, en voz baja, desde el pie de la escalera. Tal vez pensara que yo seguía batallando con la conciencia de los niños, empujándolos hacia la blandura del sueño. Muchísimas veces, Jake había subido justo en el momento en el que se le cerraban los párpados a Ted, y yo había tenido que recomenzar el proceso entero. De modo que llamó solo una vez. Lo oí entrar en la cocina, cerrar la puerta, meter su cena en el microondas.

Creo que mis padres también eran desprendidos con la televisión, porque lo único que me venía a la cabeza cuando imaginaba situaciones dramáticas en mi vida eran las de los programas de la tele: ciertos episodios que había visto una y otra vez y que parecían tener más textura que mi propia existencia. No se me ocurría ninguna manera de enfrentarme a Jake que no resultara guionizada, forzada, demasiado cursi o *facilona*. Podía arrojarme sobre él, aporrearle el pecho con los puños, exigirle que me lo contase todo. Podía, a conciencia y sin llorar, cortar en jirones cada una de sus camisas de vestir. Podía...

Ted se agitó, el brazo sorprendentemente fuerte y pesado sumido en el sueño, cayendo atrás como el flanco de una vela virada por el viento. Gimió algo indescifrable, hizo un intento de estirarse a lo largo y ancho de la cama. Iba a tener que irme. Pensé en escabullirme escaleras arriba, fingir que estaba dormida, pero la idea era demasiado solitaria, demasiado fría, en algún sentido, como si pudiera sentir ya el vacío de las sábanas, el crujido concreto que emitiría la cama cuando Jake subiera al fin y me encontrara con los ojos cerrados.

Mientras empezaba a bajar los escalones, me planteé por un momento actuar como si no lo supiera, pero la precariedad de la idea era obvia: *ella* se lo diría. Y al pensar en *ella* —su nombre se había vuelto insoportable de repente— algo cambió. Algo se soltó en mi interior, como había temido a menudo, daba la sensación de que un órgano se había desprendido del resto, y flotaba ahora, arrancado, por mi cuerpo.

Desde que podía recordar, había sentido pánico hacia mi propio corazón. A los diez años, insistí en que se saltaba latidos. Terminé en el médico, con el pecho plano cubierto de ventosas redondas de plástico. Mi corazón, se proclamó, estaba sano. A los dieciséis, agobiada por el estrés de los exámenes, me pusieron hasta un monitor cardiaco, un visitante plástico y oculto que debía registrar los incidentes que yo notaba aún: cómo fluctuaba mi corazón, cómo correteaba, cómo intentaba liberarse.

Esa vez también me habían dado el visto bueno, y sentí que ya no podía mencionar las cosas que hacía mi corazón, todos sus picados, sus inversiones, su lucha por zafarse. Me agarré a la baranda de la escalera, sentía la injusticia retorcerse y revolcarse en algún lugar más allá de mi vista. Cuando llegué frente a Jake, estaba sudando y respirando agitada: casi no hizo falta decir nada.

6

Jake me trajo un vaso de agua. Dejó el grifo abierto hasta que salió fría, comprobando la temperatura con la mano, así que el vaso que me tendió estaba resbaladizo por la humedad, su contenido fresco y puro, como salido de un manantial. Lo engullí entero, boqueando entre trago y trago.

No apartó los ojos de mí: cualquier otro día estaría quejándose ya del tren, del resto de pasajeros —*qué lleno, qué puñetera falta de educación*—, hablando con la boca llena, haciendo gestos con el tenedor. Pero ahora se llevaba la comida a la boca lenta, deliberadamente, observándome.

¿Qué tal el día?, me preguntó, en cambio, poniendo en la pregunta toda la normalidad posible. A veces me parecía que eso era lo peor de estar casado: que llegabas a saber con exactitud lo que significaba cada tono, cada gesto, cada sencillo movimiento. A veces, incluso antes de que pasara eso, anhelaba alguna confusión, no tener ni idea de que lo querría decir.

Puse el vaso en la mesa, tiré de las mangas del cárdigan hasta esconder las manos. Dejé correr el silencio unos segundos, consciente de su inocencia, de la realidad de nuestra vida, de los miles de días sin aquel conocimiento.

Jake, he hablado con... Creí por un segundo que iba a olvidar su nombre, que sería eso lo que nos salvaría, después de todo. El olvido, el nombre aburrido que le habían puesto a alguien décadas atrás escurriéndose y dejando que Jake se fuera de rositas. *David Holmes*: ahí estaba, palabras ensartadas en un anzuelo. *Me ha contado... lo tuyo con Vanessa.*

Tragué saliva, levanté la vista. Jake sostenía el tenedor en el aire. Yo había esperado un remordimiento instantáneo, la cara desmoronándose a su paso: habría sido una novedad, de hecho. No lo había visto antes. Pero, en lugar de eso, parecía enfadado, el perro viejo, la irritación asomando a sus rasgos. Negó con la cabeza.

Puto gilipollas. Soltó el tenedor, que cayó en el plato; un sonido tan trivial, tan doméstico. Nada que fuese a llamar la atención de los vecinos. Arrastró la silla hacia atrás bruscamente —eso quizás sí les hubiese llamado la atención, las paredes eran finas—, y luego se puso a caminar por la cocina inclinando la cabeza hacia atrás y rodeándose el cuello con las manos.

Parecía haber olvidado que yo estaba ahí, con la sensación ahora de ser diminuta, sentada a la mesa, las piernas cruzadas, el pánico aquietado y reemplazado por el agua que había bebido, sus olas rompiendo en mi interior.

Siguió caminando arriba y abajo, como si estuviese tomando una decisión. Se acercó a mí, con la cara distinta, más joven, de algún modo, emociones nuevas, piel nueva, las rodillas apoyadas en el suelo, sus manos buscando las mías.

Lucy. Lucy, por favor... Era... No es...

Estaba intentando no hablar con clichés, me daba cuenta. Intentando no decir todas esas cosas que ambos habíamos visto un millar de veces. Todas esas parejas de ficción en la tele, estúpidas, rotas, incapaces siquiera de encontrar un lenguaje propio y original. Y ahí estábamos nosotros.

¿Vanessa? No pude evitarlo. Su nombre me llenó la boca, se posó en mi lengua. *¿Vanessa?* Ese sonido al final, la sibilancia que daba paso a los labios separados, la boca entreabierta. *Ella es... me lo prometiste.* Las palabras entre dientes, como si volver a abrir la boca fuese una equivocación.

Voy a terminar con eso. Jake lo balbuceó entre mis manos, que sabía que debían de oler a la hidratante que le había untado en el eczema a Paddy antes de acostarlo, un olor penetrante, cargado de químicos.

Voy a... Estaba llorando, y eso fue lo que terminó por repugnarme, por levantarme de un salto de la silla.

Había visto llorar a mi padre un día. Se hacían trizas el uno al otro, mis padres. *Violencia doméstica*, lo llamó una vez un psicólogo. Pero nosotros nunca lo llamamos así. Una hora más tarde, papá podía estar otra vez canturreando, friendo beicon para la cena con un cigarrillo de liar en la comisura de los labios. Pero esa vez lo vi sentado a la mesa de la cocina, tapándose la cara con las manos. Y estaba sollozando, con fuerza, para nada como un niño o una mujer. Como un hombre.

Duerme en el puto sofá, le gruñí a Jake, un rosal, una tarántula, una criatura llena de colmillos y espinas sin fin, algo que podía brotar en cualquier momento. El *puto sofá*, los niños en la cama, el marido llorando en el suelo de la cocina —un cliché detrás de otro—, ¿cómo había sucedido? Resultaba infinitamente misteriosa, en ese momento, la manera en qué habíamos terminado como todo el mundo. El misterio parecía casi lo que me había parecido Dios de niña, en la iglesia: algo apenas presente, insondablemente desconocido, nunca revelado por completo.

~

Cuando era pequeña había un libro —ahora descatalogado, muy caro— sobre un unicornio que se metía en el mar y se convertía en un narval. Las ilustraciones eran preciosas, mares azul oscuro, cielos vespertinos de un pálido melocotón. Pero el dibujo que más recuerdo era el de las arpías: sombras oscuras, pájaros con rostro de mujer que se abatían sobre el unicornio para torturarlo, para hacerlo sufrir.

Le pregunté a mi madre qué era una arpía; me dijo que castigan a los hombres, por las cosas que hacen.

~

7

El día siguiente nos atuvimos a lo de costumbre, y lo agradecí, al principio. Jake me trajo una taza de té, y me la bebí a sorbos en la cama, mientras lo observaba interactuar con los niños, su normalidad, sus *sonrisas*. Paddy le estuvo hablando muy concentrado de una especie rara de tiburón —el tiburón duende—, y se pasaron un rato buscando imágenes de aquella monstruosidad *online*, los dos en pijama. Ted se quedó a mi lado, semisurmergido todavía en el sueño, sus ojos asomando apenas por encima del edredón.

Tenían una fiesta de cumpleaños ese día, y fuimos juntos, tomamos tazas de café aguado en el *chiquipark*, charlamos con el resto de padres sobre centros de natación y sobre el maestro nuevo. Jake no habló con ninguna madre, solo con padres: noté que sentía por ello una confusa gratitud, como si fuese un presente para mí, un pájaro con un ratón en el pico. Sentí el impulso curiosamente intenso de contárselo a una de las madres, de llevarme a alguien a los servicios con paneles de contrachapado, como si fuésemos adolescentes. Podría haber escogido a Mary: su marido y ella tenían relaciones sexuales los sábados por la mañana, eso lo sabía. Lo había dejado caer en una, por lo demás, típica conversación comparativa sobre las horas de pantalla en la cual tuve la sensación de que yo minimizaba mis estadísticas y ella maximizaba las suyas. *Solo les dejamos los sábados por la mañana,* había dicho, *para poder tener un rato.*

Pese a la confesión, sus revelaciones no fueron más allá. Nunca las de nadie iban más allá. Había intentado ser abierta en otras ocasiones, en clubs de lectura o en alguna reunión del AMPA, y nunca terminaba bien. Una vez, borracha de prosecco e insuficientemente alimentada de sushi, les había preguntado qué sistema anticonceptivo usaban. El silencio fue punzante.

Qué más querríamos, bromeó alguien, y se rio. Todo el mundo se rio. Fin de la conversación.

Me preguntaba si llevarían todas en secreto el diu, eficientes piezas de metal dentado en el útero. Yo seguía planteándomelo, pero no era capaz de afrontarlo, no soportaba la idea de que alguien me metiese la mano dentro. Después de un parto *natural* complicado y de una cesárea, sentía que mi cuerpo estaba cerrado a la intervención ginecológica, para siempre. Hacía poco, me había estado preparando mentalmente durante semanas para hacerme un frotis y lo cancelaron tan pronto la enfermera echó un vistazo dentro. *Todavía sangras,* había dicho, y había sonado a reprimenda.

Después de la fiesta, nos apretujamos todos en el coche en el aparcamiento del polígono industrial. Fuera caía una fina llovizna. Los chicos iban quejándose detrás, comparando los respectivos botines de sus bolsas sorpresa, protestando ante cualquier diferencia entre ellas. Jake propuso —sin mirarme— que fuésemos al supermercado, y yo accedí, mi voz casi perdida en el hormigón. En el coche, cerré los ojos para sentir lo rápido que íbamos, cuánto me estaba dejando llevar yo.

~

Sabía que tenía que darme pena el unicornio, que tenía que sentir su dolor en mi propia piel.

Pobre animal, *decía siempre mi madre, pasando la página.*

Pero eran las mujeres-pájaro las que me daban lástima. No podía dejar de imaginarme cómo sería: el aire hinchando mis alas, el mundo entero aplanándose allí abajo.

~

8

Los sentimientos no aparecieron todos de golpe. Llegaron lenta, gradualmente. Fuimos al supermercado, y yo planeé las comidas en mi cabeza, platos que les cocinaría y serviría a todos ellos, que Jake introduciría en su boca. Él se sentaría ahí, y masticaría mi comida y se la tragaría: examiné esta información en busca de resquicios, de vacíos que se me pudieran haber pasado. Parecía muy importante que fuese capaz de soportar esta idea exacta: la carne macerada por mí, removida por mí, masticada por él, digerida por él, que pasaría a formar parte de su cuerpo.

Creí que podría soportarlo, pero noté otra sensación que nacía en mi ombligo, o puede que más abajo, en la cicatriz de la cesárea. La sensación se extendió por el vientre, como un dolor menstrual, como una primera contracción. Me puse tensa. Cuando Jake volvió, empujando el carro, vi que sonreía, le estaba haciendo alguna broma a Ted, inclinado hacia el carro, donde el trasero de Ted rebosaba del asiento infantil, sus manos regordetas blanquecinas de agarrarse con fuerza al manillar.

Los chicos tenían hambre, en la fiesta se habían dejado casi toda la comida, y mientras hacíamos la compra empezaron a dar bandazos como si les fallasen los músculos, se convirtieron en seres desatados, agarraban cosas de los estantes. Jake y yo acudimos a nuestros puestos, personal de emergencia unido ante la misma crisis, reprendiendo con severidad a nuestros hijos, devolviendo las chocolatinas a su sitio. La ausencia de miradas, de contacto, importaba bien poco. Ahora, como desde hacía años, éramos compañeros de equipo, compañeros de clase. Estábamos aprendiendo —o desaprendiendo— las mismas cosas.

Me sobresaltó hasta qué punto la nueva realidad se parecía a la vieja: la fluidez con la que éramos capaces de aunar esfuerzos y repartirnos las funciones. Jake preparó la cena esa noche, hizo hamburguesas con Paddy y le dejó aplanarlas con los puños. Y los bañamos, como siempre: él sentado junto a los chicos, conteniendo su desenfreno en el agua mientras yo corría de aquí para allá buscando pijamas, ordenando cuartos, preparando los cuentos. Me pregunté si podríamos seguir así siempre, pasarnos la vida sin mirarnos del todo a la cara.

~

A veces me pregunto si alguien puede saber cómo es antes de encontrárselo. El matrimonio y la maternidad son como la muerte, en este sentido, y en otros también: nadie vuelve intacto.

Todavía hoy, cuesta contemplar a esa mujer (yo), a esos chicos (mis hijos) con algo que se parezca a una mirada clara. Mi percepción sigue estando teñida, impregnada de la sangre que compartimos, de sus viajes a través de mi cuerpo oscuro.

~

9

Después de la cena, mientras los chicos jugaban en el suelo, Jake se acercó y se sentó a mi lado. Todavía hoy, sigo pensando que iba a proponer que viésemos una serie o alguna película cuando los niños se acostaran, como habíamos hecho prácticamente todas las noches desde que me quedé embarazada de Ted. Me he preguntado a menudo qué habría pasado si hubiésemos hecho eso. Puedo visualizar esa posibilidad imaginaria —sin duda existe en alguna otra dimensión— casi con la misma claridad que visualizo los hechos reales que han tenido lugar.

Yo habría apoyado los pies en su regazo: un verdadero acto de perdón. Él me habría dejado a mí el mando a distancia —la primera de tantas pequeñas concesiones, a lo largo de tantos meses—, y habríamos vuelto la cara hacia el fuego de la pantalla, dejando que nos absolviera, una presencia viva, una alternativa sin fin. Y una noche —no esa noche, pero alguna otra no muy lejana— habría dejado las manos sobre mis pies, el primer contacto, y podríamos haber comenzado de nuevo.

Pero tan pronto como los chicos estuvieron dormidos, me metí en la cama. Llevé a cabo mi rutina de cuidado de la piel, la versión adulta de las oraciones infantiles. Me froté la cara con círculos precisos, mi propio tacto, suave sobre las mejillas. Antes de apagar la luz, me di crema en las manos, un producto caro con ingredientes totalmente orgánicos mezclados con el fin de crear una ilusión de calma, la impresión del deseo de dormir. *Esta podría ser una noche normal,* me dije. *He hecho las cosas de siempre. Me estoy ciñendo a una rutina.*

No estaba ni rozando el sueño cuando oí sus pasos; andaba girando en bucle por una curva de mi mente, precipitándome por las pendientes de un sentimiento concreto. Intenté quedarme ahí, fingirme dormida, respirar de un modo tan lento y regular como me fuese posible. Pero él se sentó en el borde de la cama; el colchón se inclinó a un lado por el peso de su cuerpo.

Parecía que me correspondía a mí encender la lamparita, pero no lo hice. En ese momento, cualquier gesto daba la impresión de ser una capitulación, un consentimiento de su presencia ahí.

¿Qué quieres?

Aquello tuvo más de susurro de lo que yo buscaba, la ausencia de luz mitigó mi voz de manera natural, la hizo parecer más una pregunta que una acusación, un murmullo entre nosotros.

Su forma mudó en la oscuridad, un conjunto de rocas moviéndose con lentitud geológica. Tenía la mano en la frente, creí, por lo que alcanzaba a distinguir desde mi ángulo de visión. La imagen era borrosa, podría haber tenido la mano en cualquier otra parte.

Justo cuando yo sacaba el brazo de debajo de la almohada y me colocaba de costado, su forma cambió, se acercó, extendiendo la mano hacia el cordel de la lámpara. Yo alargué la mano al mismo tiempo, decidida a detenerlo. Una de mis uñas le pilló el envés del antebrazo: debía de haber algún saliente diminuto, no mayor que la punta de un alfiler.

¡Joder! ¿Qué ha sido...? Enciende la luz...

La busqué a tientas, el ligero clic, la luz sobre nosotros al fin, Jake con la cabeza inclinada, examinándose el brazo, los ojos entrecerrados.

Me acerqué instintivamente, como me acercaba a los niños cuando se hacían daño, para reconfortarlos, para aplicar el tranquilizador bálsamo maternal. El rasguño era superficial, rosa pálido, pero ahí estaba, no obstante. Hice además de tocarlo, y su cuerpo entero se sobresaltó, como si acabasen de despertarlo de un sueño corto y profundo.

Su voz herida, tierna como la de un niñito.

¿Por qué has hecho eso?

Ha sido sin querer, Jake. No veía nada.

Se hacía difícil volver a hablar, me di cuenta. Había algo en mi garganta que lo impedía, que se alzaba como una nuez y bloqueaba el paso. Quería algo de él, pero si se le ocurría decirlo, igual me echaba a vomitar, ahí mismo, en la cama. El obstáculo saldría, imaginé. El tapón del habla. No lograría dejar de gritar.

He venido a hablar contigo, estaba diciendo Jake ahora. Y también algo más.

Lo siento, Luce. No sé qué más decir. No tendría que haberlo hecho. Fue solo sexo, te lo juro. Qué estupidez...

Noté que mis manos trepaban, cruzando el cuello, hacia los costados de mi cabeza. Palpé la suavidad de mi pelo, lo aparté a un lado. Apoyé las yemas de los dedos contra las orejas.

La agité de un lado a otro, sentí la pesadez de mi cráneo, ese peso con el que cargaba de aquí para allá, un día tras otro.

No, no no, no, parecía estar diciendo. Ahora era yo la niña, el cuerpo aovillado y blando en el camisón, los pies plantas arriba, húmedos bajo el calor de las sábanas. Apreté los dientes. Una pataleta.

Calla, por favor. Vete. Sílabas sueltas, eran lo único que podía atravesar, mutiladas, apenas completas.

Solo quiero ayudarte, insistía él, desde algún punto de la habitación. Se había apartado de la cama. Lo sentía, alto y sofocante, junto a la estantería o la cómoda. Un espacio cambiante, un fantasma.

¿Ayudarme? ¿Ayudarme?

La sensación —agujas congregándose, una punzada eviscerante— era casi abrumadora. Pero seguía estando en ella: no se había apoderado de mí. Todavía no. Lo oí exhalar, dirigirse a la puerta. Pensé en un surfista subido a la ola más grande del mundo, erguido frente a una montaña de agua. Así podría ser yo, sin duda. *Sin dejarme llevar.*

Pero, cuando se fue, la sentí arrollar cada rincón de mi cuerpo. Me lancé contra la puerta cerrada como si fuese su pecho y golpeé la madera una y otra vez hasta que me dolieron las manos. Creí que Jake volvería escaleras arriba, pero no oí nada. Creí que caería desmayada al suelo, pero en algún momento debí de meterme en la cama y dormirme.

~

A veces, de niña, cogía el libro solo para mirar las arpías, para repasar la forma en que las alas surgían de su espalda, extensiones naturales de sus hombros, alzándose en el aire.

Quería saber por qué eran así sus caras: hundidas, contraídas de odio. Quería hacerle a mi madre más preguntas, pero las palabras se me secaban en la boca, se posaban agrias bajo la lengua, impronunciadas.

~

10

El resto del fin de semana transcurrió entre una bruma de rutina. Me chocó lo fácil que era no hablar apenas con Jake, no digamos ya no tocarlo. El domingo fue lento, sus minutos espesos y agotadores, los niños gruñones e inquietos hacia el final. Pero el lunes algo cambió. Nuestros movimientos cogieron velocidad, dio la impresión, como si le hubiesen subido el tempo a la música de fondo de nuestras vidas y estas hubiesen entrado en otro ámbito, una realidad a cámara rápida.

El recuerdo del sábado noche seguía siendo intenso, me revolvió el estómago mientras echaba café en una taza de vidrio, impregnando los granos molidos con su sabor. Vertí agua caliente del hervidor, visualizando de nuevo la forma en que me había mirado Jake, por un segundo, como si no me hubiese visto nunca antes. En ese momento, volvimos a ser unos desconocidos. No habíamos dormido uno al lado del otro, día tras día, un millar de veces. No me había visto parir a sus hijos.

El Jake del sábado era, daba la impresión, un hombre completamente distinto del que se sentó a la mesa de la cocina al sol del lunes, el pelo inundado de luz, con un lado aplastado por el sofá cama. Les estaba haciendo muecas a los niños, intentando que Ted comiera tres bocados más de cereales. A Paddy le parecía divertidísimo, gritaba, se balanceaba adelante y atrás en su silla, hasta que Jake se puso en modo serio y le dijo que parara y se sentase recto.

Siempre lo había contemplado como una especie de milagro: que supiese cómo fingir que era normal delante de los niños. Era algo que mis padres no habían conseguido jamás: toda disputa se aireaba abiertamente, como si nadie les hubiese dicho nunca que aquello era malo para los niños. Cuando crecí, solía preguntarme si no tendrían, de hecho, la idea progresista de que había que exponer a los niños a todo, para el fortalecimiento de sus mentes y espíritus. Con el tiempo comprendí que no había el más mínimo plan ni teoría: ellos eran así.

Existían algunas similitudes entre entonces y ahora, un regusto del pasado en el aire. Recordaba la vitalidad que desbordaban a menudo mis padres después de una discusión. La trayectoria propia que parecía seguir nuestra casa, moviéndose más rápido que el resto del planeta, lo que me llevaba a preguntarme si seguíamos anclados al suelo.

Yo había sospechado siempre que, una vez hacían las paces, las discusiones desaparecían de su mente, se esfumaban como si nunca hubiesen tenido lugar. Pero para mí, las peleas volvían una y otra vez: por debajo de las puertas, por el papel de los libros que leía, un olor debilitante. Estar cerca de su agresividad era una cosa, pero *no estarlo* era peor: sobresaltarse ante un ruido, tener siempre miedos extraños, de subirse a las atracciones, de las obras ruidosas, de los perros.

Ese día, para nosotros, no hubo adiós de rutina, ningún beso de despedida. Ni siquiera Jake, el experto en normalidad, habría podido con eso. Se despidió con la mano, al tiempo que daba media vuelta, sin mirarme. Desde la puerta, vi cómo se marchaba con los niños, la mano cerrada en torno a las mochilas del colegio que se negaban a llevar, su voz ordenándoles que cruzasen la calle. Llevaba un abrigo grueso, un gorro de lana. Debajo del abrigo, un jersey bueno que le había regalado su madre. Debajo del jersey, una camisa de algodón: color hueso, rayas azules. Debajo de eso, lo sabía, estaba el rasguño: todavía más pálido, color melocotón, la piel empezando ya a cerrarse sobre él, a regenerarse.

Jake habría sabido los términos apropiados de la sanación: le podría dar el nombre exacto. Él tenía una mente científica, era biólogo de profesión; estudiaba las abejas, se traía a casa diminutos fragmentos de su trabajo, hechos colgando de palos, cosas que yo pudiera entender. Al parecer, me contó un día, el término abeja reina es equívoco: ella no controla el panal, su única función es servir de reproductora. Pero, sobre eso, ejerce un control casi perfecto.

~

En el colegio, los maestros me preguntaban por qué la dibujaba siempre: a la mujer con alas, el pelo largo, el vientre hinchado. ¿Es un pájaro?, *me preguntaban.* ¿Es una bruja? *Yo respondía que no con la cabeza, me negaba a contarles nada.*

No la compartí nunca con mis amigos, no la mencioné nunca en nuestros juegos. La llevaba siempre conmigo, en los márgenes de mi campo visual, apareciendo y desapareciendo de la vista.

~

11

Cuando se fueron, sentí que mi mente caía, que sus atenciones dispersas se hundían en la vigilancia de habitaciones vacías. Fue aquí donde empecé a *trabajar desde casa*, en el sentido de ganarme la vida sin tener que salir. Reubiqué toda mi existencia en el interior de esas paredes de alquiler. Llevaba casi toda la vida viviendo en esta ciudad —solo me había marchado para estudiar en la universidad de su ciudad gemela e igualmente privilegiada— y no había conseguido nunca ser propietaria de un solo pedazo. Pero aquí, en esta casa, sentía que estaba en mi lugar, aunque solo fuese por un plazo establecido. ¿No era provisional, la vida, a fin de cuentas?, me preguntaba a mí misma; ¿no era la permanencia una fantasía? Sin embargo, no podía evitar desearlo: un espejismo de seguridad, la pretensión de que cuatro paredes contuvieran tu vida, anclaran tu presencia en la tierra.

Fuimos, en los primeros años, desdeñosos hacia la idea de comprar una casa, o demasiado pobres, o demasiado miedosos —dependía de la historia que contásemos—, hasta que dejó de ser posible. La progresión de la carrera de Jake había sido modesta, y la mía había ido marcha atrás, y entretanto los precios en nuestra zona habían subido rápida, silenciosamente, como el moho en el interior de un tarro olvidado. Las únicas personas que podían comprar ahora aquí eran banqueros, abogados corporativos, empleados de alto rango de multinacionales farmacéuticas, gente cuyos valores parecían de algún modo contradecirse con su estética, con sus vitrales eduardianos, con sus estanterías de madera llenas de libros de sus tiempos universitarios.

En estas casas, la mayoría de mujeres se encargaban del hogar: sus maridos estaban tan ocupados que querían un ama de llaves, una niñera, una presencia constante, revoloteando a su alrededor. La mujer —la esposa— podía ser todas estas cosas, y podía *mantenerse activa*, podía meterse en la AMPA.

No sé por qué yo me creía otra cosa. Era sin duda lo mismo, con menos dinero. Hoy, como cualquier otro día laborable, estaba redactando textos: el manual para una encoladora industrial. De adolescente, quería ser escritora, me imaginaba escribiendo algo más profundo que esa última frase que llevaba un rato perfeccionando: *Para evitar accidentes, disponga los cables de manera que no exista ningún riesgo de tropezar con ellos.* Pero tal vez no habría escrito nunca nada tan útil, nada que evitara una muerte.

Prehijos, había encontrado trabajo en una editorial universitaria, todavía a una distancia accesible de la vida intelectual, del doctorado que había abandonado en su día. Me desplazaba entre renglones de prosa densa, compacta, atrapaba los errores, la volvía perfecta. Seguí allí incluso después de tener a Paddy, mandando disculpas serviles por cada enfermedad que pillaba, por cada obligada ausencia del trabajo. Estaba rodeada de colegas hombres que se quedaban hasta tarde, que iban cogiendo velocidad; su sudor permeaba la pequeña oficina. La ambición estaba ahí, en alguna parte, lo sabía. Pero cuando me hice *freelance* —después de nacer Ted, porque así tendría *más tiempo* para los niños— comencé a trabajar para todo el que me quisiera: folletos de hoteles, presentaciones de colegios privados, material de formación para empresas. Me decía a mí misma que estaba viendo mundo, que estaba escribiendo el mundo. Igual sí.

Pero hoy era incapaz de concentrarme. Entraba y salía de las habitaciones sin propósito alguno, miraba por las ventanas, intentando encontrar algo que ver. Me fijé en una madre que cruzaba con sus hijos, todo el color de su cara absorbido por la calle alrededor, por las casas, las caras anchas y la ropa brillante de los niños. Mientras avanzaban, ella puso su cuerpo delante, frente al de ellos, lo primero que recibiría el golpe.

En la cocina, me preparé una taza de té, traté de bebérmelo antes de que se enfriara lo suficiente, noté la escaldadura en la punta de la lengua. No podía dejar de pensar en Vanessa: sus ojeadas fugaces, su compostura, la forma en que la había visto sonreírle a Jake. *Como a un hijo*, pensaba yo. Se me revolvió el estómago. Cerré los ojos, intenté frenar la respiración, pero no veía más que la silueta de Jake a oscuras, la rapidez de mi movimiento hacia él, el perfil espectral del rasguño: como una boca dibujada, tratando de hablar.

12

Jake llegó tarde esa noche, y yo sabía que no era cosa de los trenes. Lo había mirado en Internet mientras los chicos estaban en el baño, agachada en la escalera del desván, la luz del móvil un frío consuelo en la penumbra. Mi pulgar cruzó de arriba abajo las llegadas: cada una de ellas tenía una marca verde al lado, iban puntuales. Aquello eran hechos, me recordé a mí misma, datos informativos: no eran nada personal.

No hubo mensajes. No hubo nada de su parte, el vacío expectante del móvil me recordaba aquellas noches —al comienzo— en las que esperaba a que me respondiera. Los primeros tiempos de los móviles, la notificación elegante, sin abreviaturas: *1 mensaje recibido*. Dejaba el teléfono en el cuarto y me daba baños de dos o tres horas, aplazando el momento de volver a la pantalla. *Jake y yo éramos prácticamente unos críos cuando nos conocimos*, solía decirle a la gente. Teníamos veinte años, un par de idealistas, unos críos decididos a salvar el mundo. No sabíamos lo que hacíamos.

Saqué a los chicos de la bañera, los aupé bien alto, les acaricié el pelo, fingí que era una especie de robot —¡*el robot secador!*—, les hice pedorretas en el cuello. Ellos me seguían el juego, se reían de mí, echaban la cabeza atrás y me dejaban hacerlo. Ted se acurrucó bajo mi brazo después, se retorcía encantado. Pero vi que Paddy me observaba mientras se cepillaba los dientes, la mirada gacha, algo parecido a la sospecha entornándole los ojos, la boca llena de espuma de dentífrico. Me siguió con la mirada mientras yo quitaba el tapón, mientras cogía la alfombrilla del baño, la sacudía vigorosamente, recolectaba calcetines sucios del suelo con una mano y conducía el cepillo de dientes de vuelta a la boca de Ted con la otra.

¿Estás bien, mamá?

Pensando en ellos, intenté calmarme. Seguro que había un montón de explicaciones para aquel retraso: accidente, enfermedad, fallo técnico. Atentado terrorista. O: podría ser que Jake hubiese decidido ir a tomar algo con algún colega. Lo había hecho otras veces. Vi cómo una ola de mi propia ignorancia se amasaba en un rincón de mis pensamientos, baja, como se ven a distancia los tsunamis, amenazando con embestirlo todo.

¿Cómo lo había creído tantas veces, me pregunté, sin apenas escuchar siquiera, de hecho, sus excusas? A menudo, lo sabía, me sentía aliviada cuando no volvía a casa. Después de un día de cuerpos infantiles infiltrándose en mí, yo no quería más que tranquilidad, agua de baño, mi propia piel. Siempre había necesitado mucho tiempo sola; en ese sentido, se podía decir que no estaba hecha para el matrimonio de buen comienzo. Pero fuimos felices, mucho tiempo: sabía que lo éramos. Había fotos nuestras del día en que nos prometimos, en lo alto de una montaña. Nuestras caras eran tan jóvenes que parecían fundirse con el cielo. Entrecerrando los ojos, desvaneciéndonos, nuestras sonrisas casi borradas por el sol.

En cuando Ted se quedó dormido, me agarré a la baranda acolchada de la cama y pasé las piernas por encima de su cuerpo pesado haciendo un arco. Entré en el baño, me puse delante del espejo de cuerpo entero. Casi no me veía; bajé las persianas, encendí la luz. Tenía el vestido húmedo en las axilas y ligeramente manchado del aceite con el que había frito la cena. El rímel corrido por la mejilla. Debía hacerme esa pregunta, al fin: ¿cómo era yo en comparación? Ya sabía qué aspecto tenía ella; no era esa la cuestión. Hasta sabía cómo olía; había notado ese olor en Jake varias veces, me daba cuenta ahora. Gel de baño, detergente para la ropa. Y algo más, algo de muy dentro.

Vanessa. Me aferré al lavabo, vomité en el desagüe. Terroríficos, los desagües, cuando los miras de cerca. Una cosa viscosa, un verdor, intentando alcanzar. Sabía que no se iría nunca, por muchos productos químicos que echara.

Solo sexo.

Sentí de nuevo arcadas, escupí en el lavabo, me limpié la boca. En ese momento, me costaba visualizarlos —a ellos: *Jake y Vanessa, Vanessa y Jake*— en algo que no fuesen las disposiciones más pornográficas. Me resultaba casi imposible verles las caras. Solo alcanzaba, esforzándome mucho, a vislumbrar un primer plano muy gráfico de sus órganos sexuales, uno introducido en el otro, un mecanismo básico, la más simple de las acciones. Le había sucedido algo a mi imaginación: había pasado a ser X, una aventura en los confines de Internet, un lugar en el que los anuncios de porno se apilaban como papel de origami, con un centenar de bordes enmarcando el cuadro en el que un pene entraba en la boca de una mujer y salía, una y otra vez, por toda la eternidad.

A las diez todavía no había vuelto. Para entonces yo me había bebido ya media botella de vino, un tinto fuerte que me iba sabiendo más amargo a medida que bebía. Me había quitado el vestido sucio y había cogido algo negro y brillante del fondo del armario, arrancando la ropa a puñados de las perchas, lanzando faldas y camisetas al suelo. Sabía que según la lógica de las películas tendría que haberme puesto a vaciar el armario de Jake, no el mío. Pero no me atraía la idea: no quería tocar nada suyo. No quería volver a olerla a ella.

La nota de salida —la parte perfumada, manufacturada, champú, tal vez, o desodorante— tenía una fragancia terrosa, más a perfume de hombre, o a algo unisex. Algo que evocaba a whisky y cigarrillos y estanques humeantes de aguas volcánicas en los que sumergirse después de cortar leña. Una buena sudada masculina en una camisa de cuadros, friccionada con hojas aromáticas. Una acampada, sin niños. Me la podía imaginar a ella en esa acampada, no a mí. Imaginaba como se sentaría junto a la entrada de la tienda, con algún ejemplar elegante de una novela clásica, las piernas cruzadas por el tobillo. Se apartaría el pelo de la cara, se reiría con algo que diría Jake. Por debajo de la falda, por debajo de los *leggins*, seguiría tan tersa como el día en que nació. Imaginaba a Jake susurrándole al oído, diciéndole lo dulce que estaba, lo bien que sabía, cuánto mejor que yo...

Tenía que moverme para impedirme pensar, tenía que mantenerme ocupada. Puse una lavadora, pese a que no había donde tenderla, pese a que la casa estaba ya cubierta de ropa, saturada con su propia humedad, los cuartos más grandes nunca lo bastante calientes, ni siquiera con la calefacción en marcha. *Tendría que encender el fuego*, me dije, pero no sabía hacerlo.

Siempre se había encargado Jake. En lugar de eso me puse a barrer, saltando de cuarto en cuarto con mi vestido negro corto, un diamante de imitación de adorno entre los pechos. Solía ponerme ese vestido para ir a las cenas de etiqueta de la antigua facultad de Jake, un vestido de cóctel, *muy favorecedor*, se deslizaba sobre mis caderas. Ahora me quedaba demasiado subido por alguna reestructuración de la carne, la cuchilla del cirujano de la cesárea, aquel residente que estaba aprendiendo a cortar. Los pechos emergían del profundo escote, el sujetador de copa completa a la vista. Si agachaba la cabeza, podría enterrarla entera en mi propia carne. Me pregunté, por un segundo, si podría asfixiarme a mí misma así, si apretaba el tiempo suficiente, si me esforzaba de verdad.

Barrí y barrí, y luego me puse a cuatro patas para limpiar los manchurrones. El suelo de la cocina era la zona más descuidada de la casa, fregar quedaba a menudo postergado por lo ajetreado de nuestras vidas, que ahora, vistas desde esta perspectiva —en el suelo, miniaturizada, la cocina cercándome como un gigante— no parecían en absoluto ajetreadas. Había tiempo de sobra, tiempo de sobra para que Jake se me follase a mí y se la follase a ella, durante meses. El sexo había sido genial últimamente, los dos exhaustos al terminar, mudos, la mirada clava en el techo. Venía de estar con ella, por supuesto que sí...

Otra arcada, sobre el suelo de la cocina, una línea fina de saliva colgando hasta abajo. Me recosté, la espalda apoyada en los armarios. En esos era donde guardábamos los *tuppers*, las decenas de recipientes de plástico sin tapa, con la tapa equivocada, un desconcierto apilado. Tenía siempre intención de ordenarlos; no lo hacía nunca. La casa y yo habíamos acordado, hacía mucho tiempo, ignorar esta clase de cosas: reductos de confusión, lugares pequeños, escondidos, en los que irrumpía el caos.

Alcancé la botella de vino, tragué con una mueca. Apenas había probado bocado en horas: un par de palitos de pescado fríos del plato de Ted, uno de ellos tan machacado que sospechaba que había pasado por su boca antes de la mía.

A lo lejos, en la habitación de al lado, la puerta se abrió, más despacio, más vacilante que de costumbre. Estuve a punto de ir a peinarme, refrescarme la cara, meterme un chicle en la boca. Podría haber subido corriendo, quitarme ese vestido, ponerme algo sensato. Pero no hice nada de eso. Me quedé sentada en el suelo.

13

Apreté la copa entre las manos: me pregunté cuánta presión haría falta para romperla. Imaginé la sangre mezclándose con el vino, que de pronto parecería claro en comparación, un tinto aguado y desvaído al lado de la densidad que brotaría de los cortes. Lo había visto antes, me pareció —era capaz de visualizarlo con tanto detalle—, pero no recordaba cuándo.

¿Lucy?

La voz de Jake sonaba sobria, adulta: oí cómo sus zapatos de piel de suela gruesa se acercaban. Sentí el impulso de echarme a reír. ¿Era posible que estuviese casada con ese hombre que regresaba ahora junto a mí y decía mi nombre? Desde luego, era más probable que hubiésemos estado fingiendo, desde el principio.

Estaba en el umbral, la mano en algún punto cerca de su cara. Una pausa.

¿Lucy? ¿Lucy? ¿Estás bien?

Aguzó la vista desde su enorme altura, como si yo fuese una desconocida, desplomada en la calle, una vagabunda que necesitaba que un hombre trajeado la rescatara.

¿Dónde estabas?, le pregunté desde el suelo, imitándolo, preguntándole algo para lo que ya tenía respuesta, solo para oír como las palabras salían de mi boca, para emitir un sonido. Igual podíamos seguir así siempre, pensé, nuestra relación una serie de incomunicaciones, hasta el fin de los tiempos. *Por ahí*, podría haber respondido él. O *¿cómo están los chicos?* Pero no lo hizo.

He quedado con Vanessa. Hemos... hemos estado solo hablando, Lucy. Le he dicho que se ha terminado. Se acabó.

Las once. *¿Solo hablando?* Demasiado tiempo solo para eso. Tiempo para acostarse con ella, como mínimo, pero aún peor —mucho peor—, un tiempo infinito para ternura, abrazos, despedidas con palabras cuidadosamente escogidas. De pronto, las imágenes porno dejaron de tener sentido, fueron reemplazadas por el *romanticismo*, la delicadeza, leves gemidos en el cuello o al oído.

Nuestra casa era pequeña, había apenas tres pasos entre él y yo, apenas unos segundos de trompicones al levantarme y abalanzarme sobre él como había visto a mi madre abalanzarse tantas veces sobre mi padre, mis puños golpeándole los hombros, los ojos casi cerrados, nada más que una oscuridad borrosa, alguien chillando, otro gritando.

Que te jodan, Jake. Cabrón de mierda.

Oía las palabras, pero no sabía decir de dónde salían. Sentía solo un borrón de tela, miembros que se alzaban y descargaban unos sobre otros, un choque, un cataclismo de familiaridad. Jake me agarró por las muñecas, dijo entre dientes:

Para. Por Dios santo, haz el favor de tranquilizarte. Cálmate. Joder.

Lo miré a la cara, esperando ver lo que andaba buscando:
culpa, vergüenza, la música funesta de un futuro ensombre-
cido por su error, un arrepentimiento eterno. Yo resollaba,
seguí mirando sin decir nada. Me había preguntado a menudo cuántas veces tenías que mirar una cara para que se vol-
viese de verdad conocida; la suya seguía eludiéndome, seguía
teniendo nuevos ángulos que ofrecer, rincones escondidos,
centímetros imposibles de memorizar. Todavía no era capaz
de verlo, no de verdad.

Él bajó la vista.

*Lo siento. He dicho que lo siento. Lo he hecho. Le he dicho
que...*

Seguía con mis manos entre las suyas; notaba el calor
de sus palmas en el anverso de las muñecas, el lado venoso,
el brazo enlazando con la mano igual que enlazaba él las palabras, se llevaba su nombre a la boca, junto a los dientes, esa
boca que había tocado la boca de ella, esa lengua...

Fruncí la cara de un modo que supe que debía de resultar
repulsivo, las cejas buscando las mejillas, la boca descolgada,
hundida. Dejé que salieran las palabras.

Es asqueroso. Me das asco.

Lo siento. Lo digo en serio. Lo siento de verdad.

Ahora estaba casi gimoteando, una especie de sonido
coagulado. Notaba cómo se me acumulaba la saliva en las
mejillas, cómo hormigueaba y subía a la superficie, la náusea
emprendiéndola de nuevo. Pensé en escupirle a la cara. Jake
respiraba rápido, los ojos turbios, indescifrables. *A lo mejor
quiere que le escupa*, pensé. Quiere tener que llevarse la mano
a la cara y enjugarme de su cara, de los cristales de sus gafas.
Quiere estar en lo cierto, aunque sea un segundo. Pero justo

cuando empezaba a mover la boca, él me soltó las muñecas y se volvió en dirección a un ruido.

No tendré nunca una medida precisa de ello: del tiempo exacto que Paddy —con su pijama de cohetes, el viejo perrito de juguete en los brazos— llevaba en las escaleras, escuchándonos, puede que incluso viéndonos, viendo cómo su padre contenía a su madre sujetándola por las muñecas. Lo único que sé es lo que hicimos, cuando nos dimos cuenta, cómo nos convertimos en sus padres, actores saliéndose de sus papeles, al instante, como al sonar una alarma de incendios, o al desmayarse alguien entre el público. Me noté de inmediato sobria, el vestido demasiado ajustado, la acidez del vino bañándome los dientes.

¿Por qué hueles raro?, preguntó Paddy, mientras lo acostábamos de nuevo.

¿Por qué llevas eso puesto? Pasó los dedos por el adorno de diamante, acarició la lisura negra del centro, los párpados pesados, aleteando. Estaba casi dormido. Quizás por la mañana pensaría que había sido todo un sueño.

Jake había salido primero, como si no pudiera soportar la escena, le dio a Paddy un beso rápido en la cabeza y le dijo *Buenas noches, que sueñes con los angelitos* desde la puerta. Cuando bajé, se había sentado a la mesa de la cocina. Estaba bebiendo whisky de un vaso corto, los últimos botones de la arrugada camisa de la oficina desabrochados.

Tal vez, pensé, era *así* cómo se sentían mi madre y mi padre después de una de sus peleas. No había nada que pudiéramos hacer para borrarlo. Nada en la historia humana según lo cual fuera posible revertir las cosas, eliminarlas del recuerdo, de la mente. Una vez oí hablar de una droga que provocaba amnesia al paciente después de un accidente o un suceso traumático. Pero supuse que ningún doctor se la administraría a Paddy por presenciar lo que fuera que hubiese visto.

Fui a sentarme al lado de Jake, intenté sin éxito tirar del vestido para que me envolviese los pechos, la tripa y las piernas. Cogí mi copa de vino de la encimera, la olí, hice una mueca. *Ese vino lleva abierto como dos meses*, dijo él.

Había algo en sus ojos: diversión, pensé en un primer momento. Tenía los labios completamente rígidos, era difícil saberlo. Por primera vez en años, no sabía qué sentía. No lograba imaginar ni un solo de sus pensamientos. Solo sus acciones eran evidentes: cómo se llevó una mano enorme a la cara, se recolocó las gafas, se frotó los ojos. La otra mano fláccida, palma arriba sobre la mesa.

Sin pensarlo demasiado, moví la mano hasta que quedó al lado de la mano de Jake, y luego encima, aplanada contra la suya. Tenía todavía la mano izquierda tapándole los ojos, los dedos muy juntos, un poco ahuecados. Veía su respiración, le movía la camisa arriba y abajo. Nos cogimos de la mano.

Empecé estrechándola, como cuando le haces saber a alguien que siguen teniéndolo presente en el cine, o en un momento emotivo en una boda. Pero cuando apreté la mano de Jake, él no me devolvió el apretón. Tal vez por eso lo hice.

Seguí apretando, más y más fuerte, consciente de que se estaban clavando mis uñas. Jake apartó los dedos de la cara; miró nuestras manos, entrelazadas sobre la mesa, sus distintos tonos de piel confundiéndose. Cogió aire con fuerza, una sola vez. Siguió mirando, pero no apartó la mano.

Solo cuando paré, con la cara ardiéndome, sin aliento, habló él.

Esto es lo que quieres, ¿verdad, Lucy? Hacerme daño.

Se estaba mordiendo el labio inferior, tenía los ojos brillantes, humedecidos, pero no parecía una acusación. Parecía una constatación, una de sus proclamas científicas, una sencilla observación basada en los hechos.

~

¿Soy una buena mujer? Ese premio escaso del que habla la Biblia, más valiosa que las joyas. Sé que no lo soy.

Pero también sé otras cosas: lo fácil que es saltar de tu vida: tan fácil como el primer paso, la primera menstruación, la primera vez que dejas que un hombre exista dentro de ti, que sientes cómo tu cuerpo lo aferra, cómo lo retiene ahí.

~

14

Durante unos segundos, al despertar, lo había olvidado todo. Sin palabras, nada más que el blanco quemado de una mente en paz, supe que Jake estaba abajo preparando té, que pronto estarían todos en la cama y hablaríamos del colegio y las extraescolares y las invitaciones para jugar de esa semana, con los niños chillando aprobación o aborrecimiento, tumbados como cachorritos para que les hiciésemos cosquillas en la panza.

En esos pocos segundos, Jake no se había follado a nadie, nuestro mundo no había cambiado en absoluto. Alargué la mano al otro lado de la cama, palpé el frío bajo la almohada que descansaba junto a la mí. Recordé.

La noche anterior, después de que Jake dijera aquello —*Esto es lo que quieres, ¿verdad?*—, había extendido la mano, para mostrarme las marcas de las uñas, lunas crecientes de un intenso rosado, un patrón que cruzaba su línea de la vida. Las marcas eran evidentes, irrefutables: era deliberado, ahora sí.

Puedes hacerlo otra vez. Si quieres.

Estás borracho, le respondí yo. *Vete a la cama.*

No estoy borracho. Solo me he tomado un whisky. Extendió la mano en alto de nuevo, como hacía mi padre, algo grande a lo que apuntar.

Pega, decía mi padre, cuando me enfadaba con él por cualquier tontería. *Así te vas a romper la mano,* me decía, y me colocaba el pulgar en la posición correcta.

La noche anterior, había contemplado la piel de Jake, que brillaba bajo las luces de la cocina. Había tantos detalles, tantos caminos... Pensé en todas las veces que le había besado los dedos, que los había rozado con los míos.

Mira, había dicho, *sé el daño que te he hecho. Lo siento mucho, muchísimo, Lu. No sé qué más decir.* Una inhalación profunda aquí, un acopio. *Pero puedes... puedes devolvérmelo.* Bajó la mano, pero no apartó la mirada.

¿Por qué no lo intentas, a ver si ayuda? Estaba casi rogándome.

Puedes hacerlo unas cuantas veces, había dicho. *¿Cuántas? ¿Tres?*

Sonreía, una sonrisa muy leve, los ojos vidriosos, los músculos de la cara tensos. Parecía una broma. Pero de algún modo supe —por el alcohol, por el borrón de sus manos agarrándome las muñecas, mis dedos presionando su piel— que hablaba completamente en serio.

Tres, había dicho yo en voz alta, después de él. Tenía una especie de lógica impecable, había algo religioso en su estructura. *El Padre, el Hijo y el Espíritu Santo,* Pedro negó tres veces a Jesús. Una cifra familiar, para una buena chica cristiana como yo. Recuerdo cuando me dejaron tocar la campana, en la iglesia: *tres veces,* me dijeron.

Esa mañana me volví en la cama y el estómago me dio un bandazo, amenazó con salírseme por la boca. *¿Por qué he de ser* *yo la que tenga náuseas?* La idea me llegó como pronunciada del cielo, o desde un micrófono diminuto dentro de mi cabeza. Desde luego, convine con la voz, tendría que ser Jake al que estuviesen vaciando, él al que se le hubiese metido una mano dentro y lo estuviera sacando todo. O si no él, Vanessa, la que se abrazara la tripa lanzando un grito. O los dos, cada uno por su lado, lamentándose, maldiciendo. Si había algo que pudiera compararse a la agonía del parto —que ni uno ni otro había experimentado— era sin duda una indigestión. Gastroenteritis. El cuerpo en guerra contra sí mismo, la ilusión del bienestar rota para siempre.

~

En la universidad, escogí Clásicas, por supuesto: escogí estudiarlas tanto como pude.

A veces, cuando debía estar haciendo otra cosa, buscaba imágenes suyas en la biblioteca.

La cara contraída, garras por manos. Una cierta redondez en las mejillas, los ojos de párpados caídos; ya entonces, un mazazo de reconocimiento.

En origen, leí, la arpía no era en absoluto un monstruo. Auguraba tormentas, truenos. Mal tiempo, nada más.

~

15

Esa mañana, en lugar de ayudar a Jake a preparar a los niños, me quedé en la cama.

Estoy enferma, anuncié escaleras abajo, y con eso bastó. Paddy y Ted se acercaron hasta la puerta, a despedirse con la mano, no con besos, para que no les contagiara los gérmenes. Oí los golpes, chasquidos y repiqueteos de los tres preparándose para salir. Jake gritó un adiós, desde el pie de la escalera, pero no subió. A lo mejor lo ha olvidado, pensé. A lo mejor sí que estaba borracho. Pero, a media mañana, llegó un mensaje de texto.

Yo había estado viendo medio atontada episodios antiguos de una telecomedia estadounidense en el portátil, la simplicidad de sus vidas televisivas me resultaba insultante, sus caras saludables, el desenlace dichoso de cada episodio. El estómago me gorgoteaba y chapoteaba mientras me pasaba la mano por encima, un mundo subacuático que fluctuaba bajo mi piel.

No leí el mensaje enseguida. Vi su nombre y puse el móvil bocabajo. Volví a mirar el portátil, una pareja en una cafetería, discutiendo sobre café. ¿Algo de lo que dijese Jake merecía ser leído? Tenía la idea de inválida de que la cama era un lugar en el que se podía vivir, de que existía la posibilidad de permanencia en este estado, mi cuerpo húmedo y receptivo hacia sí mismo, mi mente forzada al límite por el aburrimiento, el entretenimiento ligero.

Puedes hacerme daño tú a mí. Tres veces. ¿Luego estaremos en paz?

Jake había escrito siempre los mensajes con frases enteras, palabras enteras. Se despedía con un único beso: siempre uno, nunca dos ni tres. Tenía esa clase de coherencia, solía recordarme a mí misma cuando empezamos. Él no se dejaba llevar, como me dejaba llevar yo, al terreno de los cuatro o cinco besos. Él era siempre él mismo. Ese día no había besos, pero había otra cosa, algo que parecía mejor: una promesa, un plan. Una manera de enmendar las cosas.

~

Con los años, me fui acercando más y más a ella: licenciatura, másters, años de doctorado, acotando, cribando, hasta que la arpía se convirtió en mi único tema.

Recopilé los retazos que pude. Una mata hombres. Una forma monstruosa. Alas doradas. Cabellera dorada. Cuerpo perfecto, los pies de un pájaro. Un rostro afeado por la ira. Espantosa. Seductora.

Cuanto más leía, más difusa me volvía. Y, sin embargo, necesitaba saberlo todo, averiguar la verdad.

~

16

Me levanté de la cama tan pronto leí el mensaje, me puse unos vaqueros y un jersey. Iría al mercado, decidí. Prepararía algo fresco y delicioso para cenar, algo que les encantaría a los tres. Últimamente, todas las comidas habían sido aburridas, previsibles: la misma cosa el mismo día. Antes era lo normal: mi abuela hacía pescado los viernes, chuletas los miércoles. Pero, ahora, sabía que nuestras comidas debían expresar el mundo mismo, ser variadas y fascinantes, una aventura en el plato. A mi abuela nunca le gustaron demasiado las hierbas, ni la comida picante, ella era de pedir un huevo duro, como una niña. Sus papilas gustativas habían crecido en la insipidez, en los engrudos y el chuperreteo de una infancia de verduras recocidas, grumos, pastas de factura inexperta.

Su madre —mi bisabuela— no sabía cocinar. Era sufragista. Según mi madre, prendió fuego a unos almacenes y luego huyó de la policía por los tejados de Londres. No limpiaba apenas, ni cocinaba. Le gustaba pasarse el día entero leyendo, tumbada por ahí en bata hasta que sus hijos volvían de la escuela.

¡Vaga!, decía de ella mi abuela. Consentida. Como acto de rebeldía, trató de ser una perfecta ama de casa, le preparaba a su marido viscosos estofados con patatas, fregaba y desinfectaba, daba a luz un hijo tras otro. Cuando me desenredaba el pelo, me daba tirones; gritaba. Soltaba chillidos y maldiciones y estrellaba el cepillo en el lavabo de la frustración, con tanta fuerza que hacía temblar el espejo.

Yo imaginaba su furia como un parásito alojado en su estómago que había pasado por las paredes de su útero a mi madre, quien me lo había pasado a mí.

~

Se convirtió en mis días: lo único que hice con mi vida, durante años, fue leer sobre ella, el rumor de la gente, la luz abandonando la biblioteca en torno a mí.

La arpía arranca ojos, leí. Arrastra y quema y araña y mutila. Son los dioses quienes le ordenan hacer estas cosas, pero ella no tiene reparos. Lo cumple con ojos refulgentes: cortar, asfixiar. Envenenar.

No debería haber sorprendido a nadie. No debería haber supuesto ningún shock.

~

Es la primera vez. He limpiado la casa, desde el desván hasta la puerta de la cocina. No me he puesto elegante, pero voy con ropa decente, arreglada. Me he cepillado el pelo.

* * *

He abandonado la cama: he quitado las sábanas, las he echado a lavar, he puesto ropa limpia, he pasado la mano por la tersura perfecta.

He cocinado uno de los platos favoritos de Jake, pasta con salsa de berenjenas, puesta mucho rato a reducir, hasta que el aceite riela, una hoja dorada en el calor rojo intenso.

* * *

Los chicos están tranquilos, de buen humor; después del colegio no los he puesto frente a la tele. He estado jugando con ellos, a juegos de cartas y a juegos de palabras y a juegos de imaginar: *tú eres un caballo, mamá, y yo soy tu papi.*

Cuando llega Jake a casa, no voy a recibirlo a la puerta, con zapatillas. Eso sería demasiado. Pero estoy en la cocina, sonriendo, removiendo una cazuela. Sus hijos corren a la puerta, sus caras alerta, sus ojos felices.

* * *

Me gustaría decir que estoy a punto de no hacerlo. Que cuando sirvo la comida, miro a Jake y casi le doy nuestra salsa, que no voy a buscar el cazo que tengo aparte en el fuego. Pero sería una mentira. Le doy a Jake su porción primero, con un buen cucharón de salsa, y aderezo el plato con hojas de albahaca.

Él no está seguro, me doy cuenta, de lo que ha pasado. De por qué sonrío, con un delantal puesto.

¿Te encuentras mejor?, me pregunta, consciente de que los niños escuchan, el tenedor subiendo hacia la boca, y yo asiento.

Mucho mejor, respondo, y me llevo la copa de vino a los labios. Jake tiene hambre: da un bocado tras otro, sin apenas masticar, empujando la pasta blanda y las verduras garganta abajo.

Ya me encuentro bien, digo, cogiendo el tenedor, y empiezo a comerme mi cena.

17

Por la mañana, las náuseas no llegaron, como otras mañanas. Tenía el estómago despejado y ligero, el cuerpo entero sumido en bienestar, envuelto en sí mismo. Pero el olor de la casa era inconfundible. Encontré a Jake en el aseo diminuto de abajo, con la cabeza suspendida sobre la taza del váter, quejándose y escupiendo.

Llevo toda la noche despierto, me dijo. *Debe de ser...* Hizo una pausa aquí para devolver y yo me aparté: siempre he odiado ver a la gente vomitar, incluso a los niños. Pero Jake estaba ya en la fase de arcada seca, al parecer. Se echó atrás, con la cabeza apoyada en la pared, sus largas piernas saliendo a medias por la puerta, casi tocándome los pies mientras yo la aguantaba abierta. El olor era insoportable, ácido y fermentado, y tuve que taparme la nariz con la mano.

... Debe de ser el virus que has tenido tú, terminó de decir. *Es horrible. He vomitado como unas diez veces.*

El año anterior, durante una tanda de trabajo particularmente tediosa, había escrito el folleto explicativo para un *emético*. No se me había ocurrido nunca que existiese un medicamento para eso. Solo había oído la palabra emético una vez antes, en un seminario optativo de literatura, para referirse al estilo de la prosa de un escritor concreto, un raudal incesante de palabras.

Debe procurarse, me habían recomendado unas notas que acompañaban al medicamento, que la gente no emplee el fármaco por los motivos equivocados. Estos motivos estaban relacionados con desórdenes alimentarios, supuse, más que otra cosa. Iba por las chicas que tomaban *laxantes* y *eméticos,* que querían vaciarse, irse por el váter.

Jake se puso en pie, tambaleándose un poco, agarrado al lavabo. Noté cómo las palabras me subían por el pecho, burbujitas, como algo emocionante, algo que hacía ilusión. Pese al olor del cuarto de baño, no me entraron náuseas. Sentía la cabeza extraordinariamente despejada, la percepción hormigueando en los márgenes, como después de un montón de café o de ejercicio. *Puedo decírselo,* sentí en ese momento, de nuevo la subida, la boca abriéndose para hablar.

Jake, ¿sabes la pasta que cenamos anoche? Te puse un plato aparte... Y... y eché algo en la salsa.

No lo iba a alargar, al estilo de las telenovelas: ya estaba hecho. Otra oleada de energía, un latido en los dedos.

Esta es la primera... como acordamos, ¿no? Mi voz sonó más débil ahora, deshilachada por los bordes.

Él estaba levantando la cabeza del lavabo, despacio. Tenía las manos agarradas a los lados, el pelo lacio y húmedo en la frente.

¿Qué? Los ojos se le entrecerraron. Soltó un chorro de aire acre, negó con la cabeza. *¿Que has hecho qué?*

Chsss. Los niños. Extendí la mano para tocarlo. Él levanto la cabeza para mirarme. Vi las emociones recorriendo su cara:

había algo hermoso en ello, como ver pasar una sombra por un paisaje desde la ventanilla de un avión. Estaba repugnado, conmocionado, pero también —la sombra se desplazó, las formas transformadas por la repentina oscuridad— pensando otra cosa. Ahora también yo había hecho algo horrible. Me odiaría a mí misma, desearía no haberlo hecho jamás.

Pero no era así. Todavía no.

Tendríamos que hacer algo hoy, le dije. *Ir a alguna parte. Tendríamos... tendríamos que ir a la playa.*

Él me miró de nuevo, con un gesto ceñudo y exagerado adueñándose de sus rasgos.

¿Qué?, dijo otra vez. *Me... me encuentro fatal, Lucy. No voy a poder ir con el coche a ninguna parte.*

Yo conduzco. Me había sacado el carnet a los dieciocho, pero después de tener a los niños, Jake pasó a ser el conductor. Yo necesitaba ir atrás, en los primeros tiempos, a veces me sacaba el pecho para darles de mamar sin sacarlos de la sillita. Incluso cuando crecieron, sentados detrás escuchando cuentos o mirando pantallas, se había mantenido la tradición. Era yo la de la bolsa de picoteo, la que repartía la fruta, la que bajaba las ventanillas si uno de los niños se ponía blanco.

Pero podía: sabía conducir. Había soñado con el mar, recordé ahora, me había despertado de noche con la blancura vacía y arrugada de la cama delante, pensando que era espuma, el confín mismo del mundo. Lo necesitamos, parecía decir el sueño: la confirmación tácita de la playa, la vastedad del mar.

Tendríamos que ir hoy. Era la clase de decisión que tomábamos juntos, cuando éramos más jóvenes, cuando teníamos más tiempo, más fe en el poder de la reubicación. Nos despertábamos un día sin planes y decidíamos ir a Norfolk, o a

Sussex, o a Kent. Salíamos pitando, nuestros corazones corriendo con la carretera, cualquier cansancio matutino que hubiésemos sentido esfumándose en el cielo.

Pero: Jake estaba blanco, apenas se tenía en pie.

No. Dios, no, dijo, con las manos en las sienes. Parecía mucho mayor, de pronto, confundido.

¿Mañana, entonces?

Tengo que volver a la cama. Se dio la vuelta, no en dirección al sofá, sino a las escaleras, y comenzó a subir por ellas despacio, agarrado al pasamanos. Lo oí saludar a Ted en el descansillo —*¿Todo bien, colega?*—, podía imaginarlo revolviendo su pelo esponjado al pasar. Una vocecita soñolienta:

¿Estás bien, papi? ¿Estás malo?

Cuando escuché esto, noté que algo quería derrumbarse en mi interior. Algo quería rendirse, pararlo todo. Pero no se lo permití. Jake estaba subiendo a nuestra cama, me percaté. Se sentía con ese derecho, ahora. Se tumbaría en ella, y sentiría su debilidad. Sabría —como sabía yo desde hacía años, desde siempre— lo fácil que es para un cuerpo terminar destruido.

~

Piense lo que piense la gente, soy exactamente igual que ellos. Siempre quise ser buena, ser recta, recibir una palmadita en la cabeza, una caricia en el lomo. Bien hecho.

Nunca imaginé que fuese a hacerle daño a nadie. Cuando cogí por primera vez en brazos a esos niños —mis bebés— tenía miedo de que se me cayeran, de lanzarlos por una ventana, de volcar sus carritos en la calzada. Parecía un milagro, que no hubiese ocurrido. Que hubiésemos salido vivos.

~

18

De camino a la playa, no había casi tráfico; Ted había acabado de superar los mareos en coche, pero dejábamos la ventanilla bajada de todos modos, el fresco soplándonos por encima, el paisaje pelado nublándose a nuestro paso. Jake se encontraba mejor, hasta había puesto algo de música; me pregunté si lo habría escogido a propósito, un disco de los comienzos de nuestra relación, de nuestras primeras salidas en coche. Yo descansaba entonces las piernas en el salpicadero, y dejaba la mano apoyada en sus vaqueros. Ahora, nuestros cuerpos parecían estar a kilómetros de distancia, resplandecían con la ajenidad de lo desconocido. Yo sujetaba el volante con fuerza, asomaba la vista por encima. Se notaba que Jake estaba nervioso, tamborileaba al ritmo de la música, de vez en cuando desacompasado, cogía aire bruscamente cuando yo tomaba una curva con velocidad, cuando pisaba con demasiada fuerza el freno detrás de otro coche.

Hoy, tenía un aspecto casi normal, le había vuelto algo de color a la piel, pero durante la noche no pude dejar de verlo: su cuerpo entero enfermizo, débil. Yo había dormido mal, despertándome a lo que parecían intervalos de una hora, como por obra de un recién nacido. Pero no había nadie a mi lado: Jake se había vuelto al sofá sin que yo tuviese que decirle nada. Era mi propia mente la que me despertaba, las mismas imágenes cruzando como un relámpago, rápidas como en un folioscopio. En el espacio profundo, enmarañado, de las tres de la madrugada, no había triunfo, no había energía. Mi mente se había tornado ligera, sin amarras, flotaba con facilidad de un tema al siguiente, cada uno de ellos peligroso.

Esa mañana me había maquillado, había cubierto mis ojeras con una pasta beige y brillante. Había llamado al colegio, había dicho que los niños estaban enfermos; la mentira salió con fluidez, con sencillez. No había hecho nunca esto, no había sido nunca capaz de lidiar con la ansiedad de la transgresión, la imagen de las caras de los maestros al percibir una mentira. Ahora, no parecía importante. Hasta Jake había llamado sin rechistar al trabajo diciendo que estaba enfermo. Se limitó a asentir y lo hizo al momento, masculló cuatro palabras al móvil en otro cuarto.

Cuando llegamos, el pueblito de playa parecía distinto, deformado, de algún modo, tosco en los bordes. No habíamos ido nunca en invierno, y en un primer momento los chicos se quedaron desconcertados, desmadejados, reacios a salir del coche. Recordaba esa sensación, la impresión de que el viaje bastaba sin una llegada, todo ese tiempo viendo el mundo desplegándose, acompañado de música.

Jake había crecido cerca del mar. Su salud mejoraba junto al mar, decía siempre, respiraba y dormía mejor. Algo en el aire hacía que se le rizase aún más el pelo, como si regresara a su auténtico yo. Hoy, yo también anhelaba el olor del acantilado, el borde afilado, las gaviotas volando en círculos sobre los peces, agarrándolos cuando centelleaban a la vista. Daba la impresión de que necesitábamos esa bruteza, el lugar en el que la vida comprensible daba paso al misterio, al agua salada, a la muerte. Tal vez eso curaría a Jake, me descubrí pensando, a los dos. Mejoraría las cosas.

Recorrimos haciendo crujir la gravilla el camino que llevaba a la playa, los chicos corrían delante, sus pies tocaron la arena antes que los nuestros, hundiéndose profundamente en ella. En la orilla, el sol brillaba implacable, sin estorbo alguno; la vista me alcanzaba a kilómetros, más lejos de lo que recordaba haber alcanzado nunca antes. Me recordó a la primera vez que me puse unas gafas, con once o doce años, a la forma en que el mundo se volvió de pronto nítido, complejo, cada árbol con hojas diferenciadas, cada persona lejana con sus propios rasgos particulares.

Jake jugó con Paddy, le enseñó a hacer cabrillas en el agua, inclinando el cuerpo, lanzando piedras planas sobre la superficie. Las olas eran demasiado grandes; las piedras se hundían cada vez en lugar de rebotar. Yo intenté animar a Ted a construir un castillo, pero el viento le metía arena en los ojos. Lloró, enterró la cara en mi pecho, el pelo ondeando de punta, las lágrimas escociéndole las mejillas. Lo mecí y hundí la nariz en el dulce olor de su cabeza mientras contemplaba a Jake y a Paddy jugar su partida contra el mar, sus cuerpos casi siluetas frente a la luz deslumbrante.

Nos comimos el pícnic en las dunas, el viento y el sol no tan inclementes ahí, de cara a las marismas en lugar de al mar revuelto. Esta parte de la costa era una reserva natural, un refugio para aves y roedores poco comunes, extensiones de verdor puro pegadas a la bóveda nuclear. Los chicos estaban más tranquilos lejos de la arena y de las olas, con el estómago lleno. Cruzaron haciendo equilibrios las pasarelas de madera que recorrían las marismas, con las piernas titubeando sobre la hierba ondulante, los brazos extendidos para no desestabilizarse. Aquello era perfección parental: eran libres, pero podíamos verlos, podíamos —si hacía falta— lanzarnos en picado en cualquier momento.

Sonreí en respuesta a un saludo tonto que nos estaba haciendo Paddy, con el trasero en pompa, aleteando las manos junto a la cara. Vi que Jake miraba también, pero no sonreía. No había comido gran cosa, apenas un par de patatas fritas, unos mordiscos de manzana antes de hundirla en las dunas.

¿Cómo te encuentras ahora? Empujé las palabras afuera despacio, sin dejar de mirar a Paddy.

Mejor. Arrancó una mata de hierbas marinas, la soltó.

Parecía que los chicos habían inventado un juego nuevo, Paddy a la cabeza, guiando con el dedo a su hermano pequeño.

Vamos a seguir con esto, ¿verdad? Mi voz sonó aflautada en contraste con el murmullo del mar, con los chillidos de los niños.

Jake suspiró, tiró de la hierba otra vez.

Sí, respondió con voz queda. La palabra se arrastró por la arena llevada por el viento.

Sí, dijo de nuevo, más alto esta vez, más convincente. *Creo que deberíamos seguir.* Se volvió hacia mí, sin sonreír ni fruncir el ceño, la cara por completo despejada, la mirada firme. Me vi reflejada en sus ojos, miniaturizada. Inofensiva.

Hay muchas maneras distintas de formar una familia: de seguir formándola, día tras día. Y esta era la nuestra: el plan era real, ya estaba en marcha, era tan tangible como nuestras manos en la arena, como esos niñitos que habíamos creado de la nada. Las excursiones siempre habían hecho que nuestras vidas pareciesen maleables, fáciles de cambiar, un mundo de juguete, iluminado desde arriba. En este lugar —con el mar a nuestras espaldas, las marismas delante, el paisaje que se extendía hasta el horizonte—, las cosas resultaban al fin amplias y sencillas: un hombre y una mujer, con las piernas recogidas bajo el cuerpo, nuestros hijos jugando delante de nuestros ojos.

II

~

No he estrangulado nunca un animal, pero sí he comido animales muertos, una y otra y otra vez. He rodeado con las manos el brazo de un compañero de clase y lo he retorcido, como si escurriera ropa mojada, viendo como la rojez se extendía por debajo. He leído muchos libros acerca de una niña asesina, una criatura cuyos ojos eran invisibles en las fotografías, dos pozos de los que no alcanzaba a ver el fin.

Me he encontrado en la cocina con el rostro replegándose, el olfato aguzado, la expresión concentrada, mi cambio de cara a la pared.

~

19

Estábamos casi en Navidad; sabía que la siguiente tendría que esperar. Lo que estábamos haciendo no tenía lugar en la noción cíclica del tiempo de los niños, la reafirmación del mismo adorno saliendo de la caja, la misma canción cantada en la escuela. No había ninguna tradición detrás de nuestras acciones, ningún precedente; los íbamos inventando sobre la marcha. Habían quedado establecidos ciertos límites: serían siempre sorpresas, habíamos acordado, como la primera. Él no sabría lo que le esperaba.

Yo estaba diciendo mucho que no, rechazando invitaciones para tomar algo, para cantar villancicos, para clubes de lectura. Me pasaba sola casi todas las noches, fingiendo trabajar. Había buscado algunos hobbies nuevos, al parecer, intereses que no tenían nada que ver con mi vida, no daban dinero, contribuían negativamente al buen funcionamiento de nuestro hogar. Jake llegaba tarde a menudo, tras informarme meticuloso —demasiada meticuloso— de todos los detalles de sus contratiempos ferroviarios por mensaje: errores de señalización, hojas en la vía, cuerpos. Yo acostaba a los niños tan pronto como podía y subía a luz cálida de mi escritorio, a la embocadura abierta de un motor de búsqueda.

Mi portátil era ahora mi compañero más íntimo, un fino espacio que contenía multitud de lugares a los que escabullirse. Una semana, no miré nada más que tornados, chimeneas de aire oscuras y gigantescas girando por los campos, seguidas por una cámara, un ojo que revelaba su humanidad cada vez que retrocedía, consciente de haberse acercado demasiado. Y cada vez yo deseaba que siguiera adelante, que cruzase aquella masa giratoria gris humo, entre las vacas y las sillas izadas en el aire, justo hasta el centro, donde todo está en calma. Alguna que otra noche, uno de los chicos entraba soñoliento; yo bajaba rápido la tapa, antes de que pudiese llegar a atisbar siquiera lo que había en la pantalla.

Vi tsunamis, masas de agua capaces de llevarse edificios por delante, de levantar y arrastrar coches con ellas, de barrer una ciudad como quien pasa la bayeta. La página web me sugirió otros vídeos que podrían gustarme: desprendimientos de tierras, accidentes de helicóptero, explosiones. Iba clicando de una catástrofe a otra, calmada por la repetición, por la manera en que el terror se desplegaba por las formas lisas de mi habitación. Las imágenes detenían —durante unos minutos cada vez— el galope de mi mente; su vuelo al ras de la superficie de mi vida, por la superficie del planeta en sí, incapaz de reducir la marcha. No sentía esa velocidad desde los veintipocos, cuando aprendía lenguas olvidadas y sentía sus contornos alzarse y abrirse bajo mi presión. Ante mis ojos, los símbolos antiguos se volvían esponjosos, dúctiles: se entregaban a mí, felices. Pero ahora mi propio ritmo me asustaba: no tenía apenas control, parecía, ascendía una y

otra vez por columnas de pensamiento sin una forma clara
de aterrizar.

Siempre me sentía avergonzada a la mañana siguiente,
como si me hubiera pasado la noche mirando porno del malo
en lugar de relatos de testigos, retransmisiones en directo,
imágenes temblorosas, cubiertas de gritos. Me daba cuenta
de que eran anhelos de violencia legítimos, y también re-
pugnantes; ver secuencias de telediario, en el momento, era
aceptable. Verlas cinco o diez años después, no. Leer libros
sobre crímenes, escuchar *podcasts* sobre asesinatos en masa:
todo bien. Ver un vídeo de un hombre arrastrando por la calle
a su amigo ensangrentado, escuchar el audio del tiroteo en
una escuela, de un avión empotrándose en un edificio, una
y otra vez: eso eran indicios de trastorno. Y, sin embargo,
no estaba sola. Diez millones de visionados, veinte millones,
trescientos millones de visionados, decía en texto gris claro
al pie de los clips, la cifra incrementándose a veces mientras
yo miraba.

En Nochebuena, estaba previsto que ofreciésemos nuestro cóctel anual para amigos y vecinos, con luces navideñas,
muérdago, vino caliente, no quedaba nadie sobrio. En todo el
año, era mi único gesto por la sociabilidad, por hacernos amigos de nuestros conocidos del colegio, de gente con la que
coincidíamos en las corales y los centros deportivos y cuando
salíamos a tirar a la basura. No celebrarlo demostraría que
algo andaba mal, razoné yo, durante una noche de insomnio.
Haría que la gente se preguntara qué estaba pasando.

Este año no lo vamos a celebrar, ¿verdad?, había preguntado
Jake después de que yo sacara despreocupadamente el tema
durante un desayuno, el jardín invernal pelado a nuestras

espaldas, un sol débil, color clara de huevo, empezando a despuntar entre las nubes.

¿Por qué no?, había respondido yo, retándole a responder delante de los chicos, a interrumpir su concentración en sendos cuencos de cereales, su pesada respiración matutina. Jake no dijo nada; los ojos oscurecidos por la falta de sueño. Todas las mañanas, llegaba tambaleándose desde el salón en camiseta y calzoncillos y saludaba a los niños con alegría como si fuese normal.

Yo había intentado no pensar en la fiesta del año anterior. O había pensado en ello, de manera deliberada, hasta que el pensamiento hacía que me enroscara por dentro, girando como un columpio de cuerda. Vanessa y David Holmes, ambos vestidos con ropa elegante, atemporal, rondando junto al árbol como estamento veterano de la fiesta, al menos diez años mayores que el resto. El mensaje de David en mi buzón de voz —intacto y sin responder, eliminado automáticamente al cabo de siete días— no había desaparecido hasta entonces de mi cabeza, y ahora tenía esto que recordar. La invitación, rara, en el último momento —Jake le había mandado un mensaje de texto a Vanessa, me contó—, lo obvio de su diferencia respecto al resto de invitados.

Pareció que lo encontraban pintoresco, vasos de papel coloridos, servilletas en lugar de platos, gente tirando comida en la moqueta. Uno de los vecinos llegó con ropa de ciclista. Otra se trajo a su hija, una niña pequeña que tomaba pecho y que le levantaba la camisa a su madre a su antojo, se enroscaba a su cuerpo y colocaba en posición la fresa diminuta de su boca.

Había visto los ojos de Vanessa recorriéndolo todo: traslucía el plácido regodeo de alguien que ha dejado atrás ciertas cosas, que está por encima de ellas, como un árbol alto. Igual, pensé, cuando todos los de su generación estuviesen muertos, no habría más como ella, gente capaz de contemplarlo todo con esa placidez, como si justo al otro lado de la puerta, o a quince mil kilómetros de distancia, no se estuviese fraguando un tornado, despertando con un bramido.

~

Nadie cree que se vaya a convertir en esa mujer hasta que ocurre. Caminan por la calle sabiendo que nunca les tocará a ellas.

No tienen ni idea de cómo funciona: como torcerse el tobillo en una grieta de la acera, que te resbale el pie en el bordillo, una caída, un instante, el movimiento más fugaz del mundo, que viene a cambiarlo todo.

~

20

Tenía tiempo de sobra para los preparativos de la fiesta; el trabajo bajaba en esa época del año, mis días anormalmente despejados, llenos de espacio. Podía estar pendiente de los niños, dejarlos y recogerlos a diario. Ese era el ideal, suponía. De niña, mi madre rara vez me iba a buscar al colegio: estaba demasiado ocupada trabajando. A veces, salían los dos juntos de noche, me metían en la cama sin decir nada. En una ocasión, al despertar me encontré con un canguro al que no había visto antes, un adolescente, sus piernas larguísimas como una uve picuda en el sofá. Me entró vergüenza, con mi camisón fino, sin bragas, el pelo enmarañado de sueño.

Yo haría las cosas de otra manera, me había prometido. Yo estaría ahí. Pero a menudo mis hijos parecían inquietos, aburridos de mi compañía, como si prefiriesen estar con cualquier otra persona. Y cuando no había trabajo, me quedaba convertida en eso, una *mujer sin obligaciones*: la casa y yo mirándonos fijamente una hora vacía tras otra. Al menos, caí en la cuenta, la fiesta me daría algo que hacer.

El día antes de Nochebuena, fui en bici de tiendas para comprar algunas provisiones extra. Paddy y Jake estaban en casa, el televisor murmurando en cuartos en penumbra. Ted iba en la sillita detrás de mí, cantando una canción larga y compleja sobre la muerte.

Algunas personas mueren de cánceeeeeer, entonaba, con su vocecilla alzándose cuando cogíamos un bache en la calzada. *Y otras mueren de...* ¡*BUUUM!* Esta última palabra pronunciada con un estallido triunfal, desentonado. Una pareja se volvió a mirarnos al pasar por su lado: desde delante no se veía ningún niño, así que daba la impresión, en un primer momento, de que era yo la que iba tarareando estas canciones para mí.

Todo en torno a los preparativos me recordaba al año anterior, a lo extraño de que viniera una de las colegas de Jake a nuestro cóctel de Navidad: nunca antes había invitado a nadie. Pero Vanessa vivía en nuestra misma ciudad, era *vecina*. Acababa de llegar al departamento de Jake desde una universidad escocesa: él estaba siendo amable, la estaba ayudando a *adaptarse*. Esas fueron las palabras que usó, al comienzo, mientras se sucedían los cafés y las comidas y luego las copas vespertinas. Había sido perfectamente transparente, franco, de nuevo su antiguo yo, en muchos aspectos, aquel chico de aliento dulce y calzoncillos limpios que había conocido años atrás.

En el supermercado, mientras ponía el vino caliente en la cesta, recordé la pregunta de Vanessa el año anterior: *Qué delicia, Lucy, ¿lo has preparado tú misma?*

Yo le había explicado —sonriendo, tocándome el pelo— el concepto triunfal de haber organizado con éxito, durante años, una fiesta que no requería hacer nada, prácticamente ninguna preparación, apenas limpieza. El mensaje estaba claro: ¡Soy una pésima anfitriona! Y también: Soy la mejor anfitriona, la que se ha deshecho de todas las burdas esposas de la esclavitud

doméstica. Le pongo poco cuidado y todo sale a la perfección.
Sus frases, en respuesta, tuvieron intención de ser un cumplido generalizado, un reconocimiento de todo lo que había logrado sin siquiera intentarlo.

Tendría que haberme dado cuenta entonces: en el preciso
momento en que le tendí el hueso de la autodesaprobación,
pendiendo en el aire. Era una ofrenda, un pacto entre mujeres
que ella, con la falsedad que fuese, debería haberse llevado a la
boca. Pero la escupió.

Oh, dijo, y su boca se elevó de ese leve modo que oculta la
repulsión. *Claro*. La boca de nuevo, un brevísimo asentimiento
con la cabeza. Dejé caer una excusa...

Tengo que ir a mirar una cosa...

Y me alejé, viendo mientras lo hacía la forma en que Vanessa se volvía hacia su marido y señalaba un libro de la estantería,
uno de los de Jake. *El desarrollo de las características de las especies superiores*, tal vez.

Qué interesante este... Me marché antes de llegar a oír el resto de la frase, me serví otra copa de vino caliente en la cocina,
dejé que la calidez fluyera a través de mí como placer.

Luego, en el supermercado, le pedí a Ted que me ayudara a
coger cuatro paquetes de tartaletas de fruta del estante, sabiendo que la asignación de una tarea reduciría las posibilidades de
una exhibición frenética de carencia, el despliegue de instintos
animales por todo el suelo de la tienda. Daba igual que todos
los niños pequeños se comportaran así: esas explosiones traían
siempre consigo una percepción de fracaso particular, de ineptitud maternal *personal*.

Había países en el mundo, me habían contado, en los que
amaban a los niños, apreciaban su presencia en los restaurantes,

en las tiendas y cafeterías. Tan pronto me enteré, supe que yo no vivía en uno. Desde que había dado a luz, había ido atravesando un túnel de expectativa y desaprobación públicas, un lugar con una iluminación propia, filtros que resaltaban cualquier posible defecto. Me había acostumbrado a la postura que necesitaba adoptar dentro del túnel: una cierta rectitud de la espalda, una evitación del contacto visual. Mientras llenábamos las bolsas, no dejé de hablar con Ted, con los ojos enfocados concienzudamente en él, o en la cajera. Levantar la mirada era un error, había aprendido: invitaba a comentarios.

Metí la compra en mi cesta, cogí a Ted de la mano mientras él andaba con delicadeza por el muro bajo del supermercado, lo aupé a la sillita de la bici. Al cruzar por delante del buzón vi a alguien conocido, y me preparé para una sonrisa-sin-dejar-de-pedalear, puede que para apartar la mano del manillar en un saludo rápido. Pero ella me llamó por mi nombre y se adelantó un poco hacia la bicicleta. Mary.

Me detuve, apoyé los pies a lado y lado del marco, con Ted protestando a gritos detrás de mí.

¿Cómo estás? El corazón me latía muy rápido, noté: resistí la tentación de tomarme el pulso, de controlar su regularidad.

Estamos bien, gracias, ¿y vosotros?, articuló Mary sin dilación, sin pararse un segundo a considerar su respuesta. Yo hice lo mismo, la voz templada como la de un empleado de banco.

Bien, como siempre, vaya, ya sabes.

Hacía mucho que había dejado de reparar en la tendencia a referirnos a nosotras mismas en tercera persona del plural, como si nosotras —dos mujeres, en una acera ventosa—

abarcásemos multitudes, nuestros seres expansivos llenos de nuestros maridos e hijos. Pero ahora sí me percaté. Pensé en ello mientras Mary me ofrecía un breve repaso de las novedades de cada uno de sus hijos, presentando sus vidas como un valioso desafío, como si fuesen diplomáticos internacionales, y no niños de primaria.

Ha sido genial ponernos al día. Yo estaba completamente habituada a llevarme el hueso a la boca, por mal que supiese: era una profesional. Dejé pasar unos segundos antes de darme la vuelta y hacer una mueca hacia Ted, achacando a sus protestas que tuviésemos que irnos. Pero ahora estaba en completo silencio, chupeteando la correa de la sillita, una mirada de severa concentración en la cara.

Será mejor que lleve todo esto para casa, dije, en otro intento, haciendo un gesto con la cabeza esta vez, hacia la cesta llena de compra, como si se fuese a deshacer en aquel aire gélido.

Mary parecía debatirse, compungida, una cuasi desconocida en un funeral.

Lucy, sabes que puedes hablar conmigo, ¿verdad? Si pasa... Si pasa alguna cosa.

De modo que lo sabía. *Mierda. Me cago en todo.* Había notado que las palabrotas en mi cabeza se habían vuelto muy infantiles últimamente, como si estuviese aprendiendo otra vez desde el principio a usar el lenguaje. Las maldiciones desbordaban de mis labios, como un hilo de saliva, en cualquier momento, metiendo la colada en la lavadora, sacando pelos del desagüe.

Ah, claro. Está todo bien..., pero gracias. ¡Gracias! Estas últimas palabras las solté por encima del hombro, con un tono muy alto, estridente, mientras me alejaba pedaleando, con la bicicleta dando un bandazo por el peso de la compra, y Ted gritando sorprendido.

De vuelta a casa, sentí como la humillación me invadía, como impulsaba los pedales, empujándome adelante. Notaba el bochorno, ese calor del que todo el mundo habla, pero también algo más, un desplazamiento más profundo, más lento, de mi ser; un suave movimiento deslizante, como al sacar del todo un cajón. Y en su lugar: un vacío, una nada, un lugar en el que nunca había estado.

~

Durante mucho tiempo, después de la universidad, me olvidé por completo de la arpía. Enterré mis cuadernos en cajas que no llegaba nunca a desembalar, moví los archivos a lugares recónditos de mi ordenador. Fue sencillo, pensé, deshacerme de ella.

Al fin y al cabo muchas obsesiones pasan así, caen fácilmente en el olvido. Las bandas de chicos cuyos rostros cubrían la pared de mi cuarto. Una colección de cerditos de porcelana. Las hileras de animales de peluche: sus ojos vacíos, cierto consuelo.

Ninguna de esas cosas ha vuelto. Solo esta.

~

21

Mientras ponía orden en el salón, sentía su mirada sobrevolándolo todo. Sabía que Vanessa se habría fijado en esos muebles tambaleantes, peores que los de IKEA; que habría adivinado que lo único bueno que teníamos —una alfombra grande, una mesa de madera maciza— lo habíamos heredado de parientes que ya no lo necesitaban. Habría visto como se había acumulado el polvo a lo largo del zócalo, otorgando a la casa su propio pelaje gris claro, una oscuridad plomiza. Creería, sin darle más vueltas, que yo era la responsable. No me había dedicado a limpiar los baños mientras los niños desayunaban, como me había contado que hacía una madre del colegio.

Qué casa tan bonita, me había dicho Vanessa el año anterior, rodeando suavemente con los dedos el vaso de plástico estriado, como si se resistiese a tocarlo. Llevaba las uñas pintadas, una manicura francesa, lunas blancas sobre arcos de un rosa grisáceo, y el pelo *arreglado* —no se me ocurría otra palabra para describirlo—, no a la moda pero elegante en todo caso, una curva simétrica en torno a sus rasgos, un lazo que envolvía el regalo genético de su rostro.

Tiene que haber un problema de los gordos, si se ha follado a una mujer mayor. Eso era, seguro, lo que iría diciendo todo el mundo. Pero a lo mejor debería haberme sentido orgullosa de Jake por evitar de un modo tan absoluto ajustarse al estereotipo. Al menos no era una de sus alumnas de doctorado, de cuerpo firme y mente disoluta, alguien a quien habría tenido que dirigirme con un desdén casi maternal. Vanessa era mucho mayor que él y yo. Era de esa generación que lo tenía todo, supuestamente: esa gente de la que decían que había ido acaparando hasta que no quedó nada.

Cuando me felicitó por la casa, yo me había apresurado a aclararlo, ruborizada, con un plato de tartaletas de fruta en la mano: *Solo estamos de alquiler. No es nuestra. ¡Ojalá!*

¿Quién estaba fingiendo que era, hablando de ese modo? *Tonta del coño.* Solté eso entre dientes mientras rociaba el cristal de la mesa de centro y cruzaba su superficie de bayetazos limpios. No sabía a quién se lo decía, pero me dejó una buena sensación en los labios, un beso con saliva. *Coño* era el término más apropiado, nos habían dicho en un taller de autodefensa para mujeres en la universidad, la opción más feminista.

Origen antiguo, con el significado de vaina. Eso debíamos querer, por lo visto, ser la funda de la espada de un hombre. Más o menos por la misma época, un hombre en un *pub* me dijo que la igualdad de géneros era imposible mientras el hombre siguiera siendo la parte activa en el sexo con penetración, el *hacedor*, y la mujer, a la que *se lo hacían*. Yo intenté responderle que sin duda una mujer podía *cubrir* a un hombre de manera igualmente activa, pero no pareció convencido. Ya entonces, me resultaba todo absurdo, juegos de palabras que no cambiaban nada.

Jake se había llevado a los chicos a jugar a fútbol en el parque mientras yo dejaba la casa a punto. Unas noches atrás, nos habíamos sentado juntos en el sofá mientras él eliminaba sistemáticamente a Vanessa de sus contactos. En ese momento, había dado la impresión de que significaba algo: la forma tan decisiva en que se vaciaba la pantalla, que su información pudiera desaparecer sin más.

Colgué una bola navideña de una punta de la repisa de la chimenea, y vi en sus colores una imagen de la foto de perfil de Vanessa, la cara distorsionada, ancha como un pez. Su boca *generosa*, grande cuando sonreía, asombrosamente enorme cuando reía. Perfecta para...

Negué con la cabeza. *Repugnante.* Sentí de nuevo esa sensación: vergüenza, corrosiva como el ácido, la impresión de precipitarme, de caer en un vacío olvidado. No iba a tener más hijos, pero recordé con exactitud, en ese preciso instante, cómo era estar embarazada: vida tomada, *absorbida*, de buena gana. Yo, desde el primer test positivo, fui feliz de estar habitada, poseída, me había encantado tener compañía cada segundo. Había alguien con quien ver el mundo, un compañero dándome codacitos, silencioso, siempre ahí.

22

A medida que la gente fue llegando a la fiesta, miré a cada invitado en busca de indicios de estar al tanto, todo gesto abierto a interpretación. La forma en que cogían un vaso, se quitaban el abrigo. Sus preguntas.

¿Cómo estáis todos? ¿Alguna novedad? ¿Qué tal el trimestre?

Pero esas eran preguntas normales, me dije. Eran las cosas que se decían siempre. Traté de mantenerme ocupada, concentrarme en no quemarme al sacar las tartaletas de horno. Jake parecía perfectamente a gusto, en el centro del salón, riendo con un par de hombres de su equipo de fútbol de los jueves por la noche. Llevaba una de sus mejores camisas, pana azul oscuro, arremangada al calor del fuego.

Jake tenía unos antebrazos gruesos, de aspecto fuerte, siempre mi parte favorita del cuerpo de un hombre, pese a que el vello de sus brazos era claro y escaso. Yo tenía preferencia, sin motivo racional, sino sacado de algún otro sitio, de algún libro de cuentos, por el vello espeso y oscuro, sombreado como un boceto a lápiz, como los parajes más oscuros de un bosque. No me podía resistir a esa visión cuando me topaba con ella, en una cafetería, en un parque o en un tren. Vello oscuro asomando por la manga de una camisa, apuntando hacia la correa de un reloj. Conseguía que entendiera a los hombres que recortaban a las mujeres en su cabeza, separándolas por partes: pechos, labios, piernas, todo flotando suelto.

Uno de los hombres con los que estaba hablando Jake —Antonio, padre de tres hijos— tenía esa clase de vello, visible por el borde de las mangas de la camisa, una espesa suavidad que le cubría las muñecas. Les ofrecí una tartaleta, sostuve el plato hasta que todos se hubieron servido una, todavía en sus bandejitas achaparradas de papel de aluminio, demasiado calientes para comérselas. Antonio se llevó su tartaleta a la boca, apretó los párpados, y la apartó de nuevo, sus ojos se cruzaron con los míos. Nos conocíamos el uno al otro un poco mejor que a la mayoría de los demás; hubo una cena, años atrás, en la que Antonio se emborrachó y rompió a llorar, incapaz de detenerse. Era una noche de verano extraña, luminosa, como de sueño, la mano apoyada en su brazo, sus mejillas mojadas de lágrimas.

Tal vez por eso me di cuenta, inequívocamente, cuando me miró. Lo sabía. Estaba intentando ver cómo lo llevaba. Se estaba preguntando, quizás, cómo era capaz de estar allí plantada en nuestro salón, con aquel bonito vestido rojo oscuro. Llevaba tacones, me había cepillado el pelo. Me había maquillado, rímel, pintalabios. En una fiesta, estas cosas, en una mujer, suelen llamar la atención solo por su ausencia. Frankie, que vivía al cabo de la calle, por ejemplo, vino con unos vaqueros y una camiseta con los que se había pasado el día cuidando el jardín, inundó un rincón de la cocina con un inconfundible olor a sudor.

Pero Antonio era consciente de que yo había hecho el esfuerzo, de que estaba allí erguida, con un plato de tartaletas en la mano. Se estaba preguntando cómo lo hacía. Me disculpé, me dirigí al aseo de la planta baja. Ahí dentro podría abanicarme con las manos. Y si había lágrimas, se podrían enjuagar y disimular con agua fría. Podría apretar las manos contra la garganta, retenerlo dentro. Junto a la puerta del baño, vi un grupo de mujeres, madres del colegio, esperando.

Mucho mayor, por lo visto. ¡Como cincuenta y tantos! Ya... si John hiciera...

Intenté girar sobre mis talones; esa era la expresión, ¿verdad?, para un viraje rápido, una huida apresurada. Pero mis tacones medían quince centímetros. No podía hacer nada más que esperar, apoyarme en la pared, esperar que no me viesen.

¿Por qué han montado la fiesta como si nada? No entiendo siquiera...

Fue en ese instante cuando Mary levantó la vista: las palabras habían salido ya de su boca, pero se la tapó con la mano de todos modos, como para impedirles llegar demasiado lejos. Su expresión —de regocijo, de pasión, de algo similar a la excitación, la cara sonrosada, los labios separados— se vino abajo, como si un mimo le hubiera pasado la mano por la cara y la hubiese transformado por completo. Toda la energía —el resplandor que había hecho brillar su pelo, centellear sus ojos— cruzó por sus rasgos y los sumió en lástima.

Lucy, justo estábamos diciendo. Estábamos... ¿cómo estás? ¿Cómo lo... llevas?

Extendió el brazo, como para rodearme con él. Una madre —Mary lo era de cuatro— ofreciéndome consuelo, un pecho en el que llorar. Salió alguien del baño y, haciendo caso omiso de la cola, me escabullí dentro, soltando una respuesta al tiempo que cerraba la puerta tras de mí.

Estoy bien, gracias... ¡Ahora nos vemos!

Dejé que la tapa del váter se cerrase con estrépito, que se oiría al otro lado de la puerta mientras el grupo se ponía en movimiento, palabras amortiguadas, el tono de autorreproche alejándose, las notas agudas del escándalo resonando todavía.

Vivíamos todas en nuestra versión particular de madrelandia, ese lugar en el que no ocurría nada. Veíamos series *online* para recordarnos cómo era llevar vidas en las que sí ocurrían cosas, en las que esas vidas podían transformarse en una noche. En nuestro mundo, habían ocurrido bebés, y eso era algo. Pero pocas teníamos ya bebés, o criaturas pequeñas siquiera, y hablábamos de aquellos tiempos con esa especie de reverencia pausada con la que los ancianos hablaban de *la guerra*, los ojos empañándose con el recuerdo de aquella atmósfera, la fisicalidad resollante, la turbia mezcla de espacio y tiempo.

Ahora la mayoría teníamos carreras que seguían *paradas*, o que se habían desplazado, de algún modo, a un carril de eternas medias jornadas y sueldos más bajos. Estábamos todavía a muchos años de distancia del goteo de divorcios que daría comienzo en cuanto nuestros hijos se hicieran adolescentes, y sus rebeliones nos recordaran, de maneras corpóreas, ineludibles, esos mundos en los que ocurrían cosas. Por ahora, las familias permanecían estables. En este lugar, los maridos tenían trabajos bien pagados, viajaban mucho. Y las esposas, a pesar de sus muchos títulos académicos, se encargaban siempre de los trayectos a la escuela, contaban los días para que sus maridos volviesen de Estocolmo o Singapur. Cuando algo irrumpía —una enfermedad, una muerte, un divorcio—, era como un meteorito, algo cósmico aterrizando en nuestras vidas.

Creía recordar una época similar de mi infancia, una mismidad consistente, los días casi idénticos. También entonces, irrumpían cosas: una vez, en los primeros cursos de primaria, el padre de una de mis amigas se pegó un tiro en la cabeza. Lo hizo en su despacho. No sé cómo supe el lugar exacto; mi madre debió de contármelo. En el colegio flotaba una compasión silenciosa, *pobre Vicky*, un aire de profundísima tragedia. En casa, pinceladas oscuras de ira, sucios borrones de incredulidad. *Cabrón egoísta*, dijo alguien. Recuerdo las baldosas de la cocina, y esta frase, las dos cosas volviéndose una: la curva amarilla de las flores de pronto egoísta; la forma cuadrada, un cabrón.

Oí como al otro lado de la puerta del baño alguien cambiaba la música y ponía un disco navideño. Mary preguntó si habría que poner otra vez al fuego el vino caliente. Me llamó por mi nombre, una vez, y luego calló, interrumpida por un murmullo. Yo había entrado al lavabo con mi vaso de vino; ahora tan frío como para hacer gárgaras; me lo terminé. Me senté a mear, aunque no tenía ganas, en realidad, solo por hacer algo, por la sensación de alivio recorriéndome el cuerpo. Me levanté, me miré en el espejo. Si me refrescaba la cara, se me iría el maquillaje. Se me correría el rímel. Coloqué los dedos bajo el agua fría y me los llevé bajo los ojos, la frescura calmante, perfecta.

Me di cuenta de que estaba actuando como si hubiese llorado. Eso era lo que yo —y todo el mundo— daba por hecho que iba a hacer ahí dentro, lejos de los demás. Pero lo que en verdad me apetecía era quitarme la ropa, darme una ducha, durante horas y horas, y salir envuelta en una toalla, con la piel tan suave y arrugada como papel mojado. Para entonces, todos se habrían ido.

23

Cuando salí del baño —media hora más tarde, quizás— parecía una fiesta completamente distinta. La gente que quedaba —ni rastro de Mary, me fijé, ni rastro de Antonio— estaba toda borracha. Alguien había quitado la música navideña, y había puesto una *playlist* de los noventa, y ahora las habitaciones estaban cubiertas de nostalgia, de una ola de emoción agridulce, irreparable.

En el jardín, había grupos fumando, hablando con la voz descollante de los niños. Habían olvidado, igual, que tenían canguros a los que regresar, que en mitad de la noche sus criaturas de cinco años se les meterían en la cama con las mejillas calientes. Pensaban que seguían en la parte remolona de sus vidas, cuando el tiempo no tenía limites concretos, ninguna restricción absoluta.

Jake no estaba. Examiné los grupos una y otra vez, para asegurarme, pese a que era evidente. No hablé con nadie, iban demasiado borrachos y hablaban demasiado alto para darse cuenta. Fui hasta el fondo del jardín, me senté en el banco de picnic podrido, oí como crujía debajo de mí. Me quité los tacones, la hierba húmeda a través de la suela de los *panties.*

El campo estaba por completo a oscuras delante de mí, el cielo plagado de estrellas. La casa iluminada solo a medias, las ventanas de arriba negras y cerradas. Por el muro de la cocina, el vapor soplaba en nubes por los respiraderos, como frustrado, esperando que terminara todo.

Se oyeron unos ruiditos a mi espalda, algo parecido a un roedor, al principio, y luego inconfundible. Gemidos, palabras entrecortadas. Un roce regular, rítmico. Me acerqué detrás del cobertizo, segura, en esos tres segundos, de lo que iba a encontrar. Había conseguido de algún modo introducirla en nuestra casa, en nuestro jardín, y se la estaba follando a unos metros de distancia de donde nuestros hijos dormían. Me invadió una furia desbocada, una ola kilométrica de energía. Curvé las manos en unos arcos apretados, intenté sostenerme tan erguida como pude. Mi mente corría más veloz que nunca, derrapaba de un pensamiento a otro, sin frenos, a una velocidad increíble, lista para abalanzarse.

Pero el revoltijo de ropa detrás del cobertizo no tenía nada que ver con nosotros. El vestido de seda de Mary estaba arrebujado en torno a su cintura, moviéndose en ondas discontinuas, mientras su marido se esforzaba por sujetarla y empujar al mismo tiempo. Tenía más pinta de andar embarcado en una complicada tarea de bricolaje que de estar *haciendo el amor*, pero proseguían de todos modos, la cabeza de Mary enterrada en el cuello de él, emitiendo leves, obedientes ruiditos de placer.

Me alejé dando traspiés, tapándome la boca con la mano. No era tan divertido sin nadie con quien compartirlo. Aunque el impulso estaba ahí de todos modos: alborozo, un atolondramiento infantil. Al acercarme a la casa distinguí los contornos oscuros de alguien que se separaba de los grupos de fumadores y caminaba hacia mí.

¿Qué es lo que te hace tanta gracia? Era Antonio, las manos dentro de los bolsillos de los vaqueros, la camisa arremangada. Sentí un tensamiento involuntario, una exaltación en mi interior; bajé la mirada, como si así quedara oculta.

Nada. Negué con la cabeza. *Solo que... no te acerques al cobertizo.*

La mayoría de gente no dejaría pasar esa mentira, seguiría preguntando hasta que les contaras el secreto. Pero Antonio se limitó a levantar las cejas, asomar los labios, como si pudiera imaginar lo que ocurría y estuviese vagamente impresionado. Me tendió un paquete de cigarrillos y yo cogí uno, me incliné hacia delante para que me lo encendiese.

No sabía que fumaras.

No fumo, dije, dando una profunda calada.

Él asintió, con una sonrisa, y nos volvimos a la vez, sin hablar, de espaldas a la casa, hacia el cielo. Nuestros brazos se rozaron de un modo amistoso, coespectadores de un espectáculo de luces. *¿Podría servir esto?*, me pregunté. Otro hombre, un amigo de Jake. Una forma sencilla de hacerle daño. Y placentera, seguramente. Me imaginé tirando de Antonio hacia el pasaje, donde nadie podría vernos, rodeándole el cuello con mis manos. Casi podía sentir sus dedos bajando por mi cuerpo, introduciéndose dentro de mí. Cuando diésemos un paso atrás, quedaríamos pegados al cubo, el cubo de reciclaje, el azul...

Solté una risita, sin pretenderlo, salió un poco de humo con ella, un barboteo en mitad del aire frío.

¿Qué? Se volvió hacia mí.

Nada. Exhalé despacio. Notaba sus ojos fijos en mí, el hormigueo de su mirada como un roce en la cara.

Pareces que lo llevas bien, dijo. *Después de..., después de todo.*

Así pues, estaba claro que lo sabía. Todo el mundo lo sabía. Di una calada un poco demasiado larga, me llené los pulmones con la ráfaga química. ¿Por qué era a mí a quien miraban como si estuviese tarada, defectuosa? Jake había sido infiel, pero de algún modo eso daba una imagen mala de mí, lo había notado. Una simple ama de casa, en realidad. Ningún logro, ninguna publicación con mi firma. *Nadie digno de serle fiel.*

A lo largo de la fiesta, mientras tanto, a Jake se lo había visto relajado, riendo con amigos, apartándose el pelo de los ojos. Seguí pensando —una última vez— en acercarme a Antonio. Él no diría que no, lo notaba. Pero ¿y Jake?, ¿cómo se sentiría? Nunca había sido celoso. Me lo podía imaginar encogiéndose de hombros, sonriendo incluso.

Bien por ti, Luce, me diría, tal vez; puede que no se sintiese herido en absoluto.

24

Cuando Antonio y yo volvimos a la casa, la gente comenzaba a marcharse, la borrachera llevándose por delante lo que les quedaba de educación... *¿Dónde está, Jake? Mándalo a tomar por culo si te hace falta* (esto en un susurro). *Gilipollas. ¿Lo saben los niños?*

No pude evitar levantar las cejas ante esta última pregunta. *Ah, claro,* me imaginé respondiendo. *Les hemos explicado a Ted y al pequeño Paddy con todo detalle cómo su padre se follaba a su colega en hoteles después del trabajo. Una vez, les contamos, ¡papá se la tiró en el lavabo de un tren! ¿No es genial?*

Adiós, dije en cambio, con una expresión firme y serena. *Cuidaos, nos vemos pronto;* hice bien el papel de gentil anfitriona, parecía genuinamente triste de verlos marchar.

Mary fue la última en salir; el sexo la había dejado manoseada, estirajada, como si un bebé echando un diente la hubiese tenido toda la noche en danza. De hecho, la había visto también en ese estado: era una comparación ajustada, el pelo desordenado, la ropa descompuesta. Cuando se fue, cerré la puerta, apagué las luces, di la vuelta a la llave y crucé directa por entre las pilas de la actividad de la fiesta, sin detenerme a recoger un solo vaso o una tartaleta mordisqueada.

Fui a la planta de arriba; le había dicho a todo el mundo que era allí donde estaba Jake, que había ido a *echarse un rato*. Al pasar junto al baño vi, por el cristal sin esmerilar, el campo disolviéndose en la noche, apenas distinguible del cielo, una franja negra avanzando con paso fluido hacia la mañana. Si se había marchado, pensé, podría soportarlo, podría convertirme en algo tan despejado como aquella vista, avanzaría con sencillez, con aplomo.

En nuestro cuarto, las luces estaban apagadas, pero pude ver a Jake de todos modos, tumbado de lado. Supe que estaba despierto: su respiración inaudible, el cuarto bullía de desvelo.

Ah, Dios.

Me hundí en la cama con un quejido.

No volvamos a montar una fiesta de estas nunca más, ¿vale?

Mi voz sonó normal, tranquila. Sabía que había dicho estas palabras después de otras fiestas, en otros años. Jake se dio la vuelta en la cama, todavía con los vaqueros y la camisa, mirándome. Estaba sorprendido, imaginé, de oír esas palabras, ese tono. Sin palabrotas, sin acusaciones. Mejor aún: había hecho alusión al futuro. Últimamente, el futuro había quedado vetado. Nuestra realidad actual era una versión descompensada de *mindfulness*: sin futuro, un presente infinito pero también un pasado infinito, lleno de mentiras, medias verdades, un sinfín de versiones de la misma historia.

De verdad, dijo él. *No lo hagamos. Nunca más. No podría soportarlo.* Tenía la cabeza apoyada en las manos; en aquella cuasioscuridad su piel parecía lisa, desprendía una luminosidad opaca, como la superficie de un planeta distante.

He visto a Mary y a Pete haciéndolo detrás del cobertizo, le conté, y nos echamos a reír. Hacía mucho tiempo que no nos reíamos juntos. Ni siquiera nos habíamos acercado el uno al otro. Jake alargó el brazo, como si pensara apoyarlo en mi hombro. Yo di un respingo hacia atrás, un movimiento exagerado, impreciso, después de todo el vino caliente, de la cena escasa y desperdigada de canapés y dulces.

No. Sentí un ligero escalofrío, como quitándomelo de encima por segunda vez.

Se hizo un largo silencio, yo sentada en el borde de la cama, con los pies rozando apenas el suelo, y Jake en silencio, todavía de lado. Me di cuenta de que estaba esperando que fuese abajo, a preparar el sofá cama. Quería sentir de nuevo el vacío del cuarto. Quería descansar. No dije nada, oí el quejido de los muelles de la cama cuando se levantó.

Os he visto a Antonio y a ti en el jardín, ¿sabes? Se rio, un momento. *¿Qué estás haciendo?*

La pregunta parecía no tener respuesta, no guardar relación alguna con nada que yo supiese, igual que si me hubiese preguntado qué día se acabaría el mundo, o si llovería dentro de un mes. Pensé en todos aquellos ojos en la fiesta, en la forma en que me habían mirado. Y aquí estaba él, escondiéndose de todo. Ni siquiera avergonzado, daba la impresión en ese momento. A salvo y en calma, deseoso de ponerme las manos encima.

Estuve a punto de levantarme, rugiendo, escupiendo rabia. Pero me limité a clavarle la mirada.

Creo que igual le gusto. A lo mejor nos...

Hubo otro silencio; se hizo largo, aunque debió de durar solo unos segundos...

¿Que le gustas? No lo creo, Luce. Es bastante feliz con Jen.

Jen era una rubia flexible entusiasta del yoga que había echado a sus tres hijos al mundo sin dolor aparente, sin ningún cambio perceptible en su cuerpo. *Por supuesto.*

Crees que no puedo hacer lo que has hecho tú, ¿es eso, Jake? ¿Crees que me voy a quedar aquí en casa, lloriqueando, compadeciéndome de mí misma?

Bueno, pues se te da bastante bien. Estaba ya abriendo la puerta, marchándose, justo en el momento en que yo quería que se quedase, cuando quería descargar mi furia contra él, una y otra vez. Quería estrujarlo entre mis manos. Quería hacer algo —lo que fuera— por deshacerme de lo que sentía: bilis como para llenar un cuerpo entero, más, una cantidad que parecía apenas contenible dentro de una sola persona, una sola piel. Una cantidad que se antojaba infinita, como si pudiera exudar de mí, inundar la casa, levantar nuestros muebles del suelo, invadir el mundo.

~

¿Qué es una arpía? Esa es la pregunta que me he hecho, una y otra vez.

Antinatural, decían de ella. Otros apelativos: Raptora, Hedionda, Huracán, Pies Veloces, Tormenta. Fea. Hambrienta. Nauseabunda.

~

25

Durante horas, después de eso, estuve deslizándome por la casa, desvelada por completo. *¿Qué estás haciendo?*, parecía decirme ella, como un eco de Jake. Pero para este espacio, para estas paredes, tuve antes respuesta. Pasé la mano por las encimeras, palpé el grosor suave del doble acristalamiento. Lo conocía todo muy bien.

Conocía ese único lugar en el que podías oír a los vecinos igual que si estuvieses en el mismo cuarto, cada palabra de sus conversaciones, extrañamente anodinas, como si supieran que los estaba oyendo. Conocía esa sensación en el cuarto de los niños, cómo cambiaba el aire cuando no estaban ellos, cómo se aposentaba igual que polvo y se convertía en parte de cada objeto de la habitación.

Y, a cambio, la casa me veía como yo era. No en lo que me había convertido: una treintañera del montón. Nada de eso.

Estoy haciendo lo que acordamos, susurré en alto. *Tengo que hacer algo.*

Al final, no podría esperar a después de Navidad: eso parecía ahora una ilusión pasajera, una irrealidad de luces de colores, cajas vacías envueltas en papel brillante.

Entré en el salón tan silenciosamente como pude —Jake tenía el sueño muy ligero—, las puntas de los calcetines crujiendo sobre los tablones del suelo. Cogí con cuidado el móvil de la mesita donde reposaba, en modo avión. Jake era mucho más sensato que yo, no se pondría a mirar nunca las redes sociales o el correo en mitad de la noche. Se agitó y se dio la vuelta, moviendo la boca y pronunciando sonidos sin sentido, la sala densa ya por el sueño, el olor que desprenden los hombres por la noche.

Me alejé de puntillas, el móvil comenzó a sudar entre mis dedos.

~

La arpía es experta en robar cosas.

Siempre se la ha mandado a obrar desapariciones: a hacer que las cosas no existan. Objetos preciosos, personas, la comida de sus platos, los bocados que se estaban llevando a la boca.

Como una ráfaga, desciende: se lo lleva todo.

~

Es la segunda vez. Allí cerca, otra fiesta navideña, más numerosa, está terminando. Hay fuegos artificiales, una exhibición *amateur*, un ritmo irregular contra las ramas peladas de los árboles. La hierba silenciosa, el campo silencioso: el mundo está sumido en su sueño más profundo, pero su gente está despierta y lanza fuegos hacia el cielo, intentando encenderlo.

* * *

Durante unos minutos, me quedo sentada contemplando los destellos de colores: no hago nada. No intento siquiera introducir el código en el móvil de Jake. Lo tengo en la mano, inanimado, un guijarro enorme, pulido y desgastado después de años en el mar.

Hay una oscuridad total en el cuarto, y un fogonazo de luces cae en cascada cada pocos minutos y hace palidecer la nevera, mis piernas, el alféizar con sus macetitas de hierbas. Se oyen vítores, en alguna parte, y esa clase de aullido animal, salvaje, penetrante, que sueltan los adolescentes en cierto momento de la noche.

Cada vez que llega la luz, parece al principio una bendición, una gracia de Dios o del espacio, y luego una advertencia, la luz totalizadora del desastre. *Mañana de Navidad*, casi.

Pongo el móvil boca arriba, la luz constante tan distinta de la de los fuegos artificiales, amistosa, casi. Hay un mensaje de la madre de Jake, pero solo puedo leer una parte: el teléfono sigue bloqueado. Pruebo con una serie de números: su cumpleaños, el de Paddy, el de Ted. Pruebo con la fecha de nuestra boda.

Queda un intento, me informa el móvil, hay algo humano en esas palabras en mitad de la oscuridad, mi única compañía.

100984. Mi cumpleaños: el teléfono cede, todas sus funciones desplegadas, disponibles. Durante unos segundos más, no hago nada, sopeso el instante, siento sus texturas. Estoy cansada; se me cierran los ojos. Pienso en meterme en la cama, en ser capaz de dormir, aunque sea una hora o dos. Podría apagar el móvil, devolverlo a la vera durmiente de Jake.

Pero pienso en su sueño, en su calma satisfecha y aniñada. En las mujeres de la fiesta, en la cara de Mary cuando se volvió hacia mí en la calle. Antonio: lástima, no deseo, comprendo ahora, mientras en mi mente sus rasgos se suavizan de nuevo al mirarme.

* * *

Abro la aplicación de fotos, y durante mucho rato no hay nada que ver. O más bien: hay niños, los nuestros, las flores en eclosión de sus rostros, el misterioso acortamiento de sus piernas, su crecimiento inverso, como plantas en lapso de tiempo cruzando la pantalla, retrocediendo desde la edad escolar hasta los irresistibles primeros pasos. ¿Nos dábamos cuenta, entonces, de los preciosos que eran? ¿Nos damos cuenta ahora?

Y ahora hay lágrimas, caen sobre la pantalla del teléfono. *Sumergible*, me había dicho Jake cuando lo compró. Lo puedes *sumergir hasta diez metros*. Y yo me había imaginado a Jake como un buceador en un perfecto mar Egeo, girando hacia el fondo, con el aparato en el hueco de las manos.

Sequé la humedad de la pantalla con la manga, solté el aire, con un escalofrío, hacia el mal tiempo de mi propio llanto. Nada de fotos. Ninguna prueba.

Y entonces la veo: por supuesto que sí. Una carpeta. *Fotos trabajo*, se llama. Hay un último y radiante momento de esperanza, cuando imagino imágenes microscópicas de abejas: sus canastas de polen, sus patitas peludas, muertas tiempo ha.

En lugar de eso: ¿cómo describir lo que veo? Es el fin de mi vida, pienso, el fin de la vida como el fin del mundo en un libro infantil, una planitud en la que puedes hundirte, una cascada que me rodea. Aquí está Vanessa, y Vanessa, y Vanessa, y Jake, y Jake y Vanessa, y Jake, y Vanessa y Jake. Ella está desnuda, por supuesto, o en sujetador, o en ropa interior. Él sin camisa, y desnudo, y solo, y con ella.

Respiro. Sigo respirando, introduciendo aire en mi cuerpo, soltándolo. Intento no hacerlo demasiado rápido, intento no hiperventilar. Eso no me sería de ayuda ahora. Escojo una foto: están los dos desnudos, se están besando, sus cuerpos un único y sórdido cuerpo, visible de cintura para arriba, Jake sostiene la cámara por encima de la cabeza.

Hago clic en la casilla diminuta, en la flecha diminuta. Estoy temblando, pero eso no cambia nada. La casilla diminuta, la flecha diminuta. Apunto.

La lista de opciones: el *email* es la última, la original. La selecciono, completo el movimiento antes de poder detenerme: una memoria corporal, un gesto mecánico, tan sencillo como montar en bicicleta. No tengo más que introducir una letra —c— y aparece: claustro@. Así de fácil. *Enviar. Mensaje enviado.*

Deshacer, me ofrece el teléfono, amablemente. *Deshacer.* Pero no deshago nada. Lo dejo marchar.

III

~

Cuando todo el mundo lo sepa, seguro que dirán que lo veían venir.

Hablarán de las cosas que hice: de aquella vez que me reí de cómo se le arrugaban las medias en las rodillas a una compañera de clase, me reí y señalé y les dije a otros que se rieran también. Los novios a los que ignoré o di puerta. Las palabras de odio que escribí en mi diario.

Siempre supimos que era así, *dirán, temerosos de la verdad. No tenían ni idea.*

~

26

Era un bonito comienzo de primavera, la más delicada desde
que había nacido Ted. Aquel año, pensé que el mundo nunca
volvería a ser hermoso. El invierno duró años, un bucle sin fin
de noches en vela y días estancados, empantanados. El cuidado de un bebé, con el primer hijo, había sido una especie de
somnolencia, una amnesia en la que fui feliz de rendirme a
mi condición de vaca durante meses, de encontrar placer limpiando mierda, en el flujo de leche de mis pechos. La segunda
vez, fue zona de combate.

La cicatriz de la cesárea se me infectó, salió tanto pus que
estaba segura de que el cuerpo se me iba a partir en dos y a
dejarme expuesta. Me costaba aceptar que tanta gente hubiese visto mis entrañas: el cirujano, el ayudante y la ayudante
del ayudante. Habían visto un panorama de mí misma que yo
nunca vería, la naturaleza exacta, infinitamente personal, de
mis órganos, sus formas extrañas, su disposición única.

Con treinta años, supuse que mi vida se había terminado,
que se habían apropiado de ella esas cualidades cuya llegada
prometían siempre: el dolor, el trabajo, el agotamiento. Pero
las cosas de la primavera terminaron por llegar —tardes a

media luz y el suelo agrietado, un olor vivificante— y descubrí que eran reales. Se las podía llamar por nombres, y los nombres permanecerían, se aferrarían a ellas, como si no hubiese ninguna separación entre el objeto y su sonido. *Árbol*, pensaba yo, mirando un árbol, y asentía. Era cierto: era un árbol. Un árbol orlado de espuma rosada, una estampa ridícula pero real, en cualquier caso, fragmentos de árbol flotando hasta el suelo, una nieve rosácea. Se lo enseñé al bebé, incluso, se lo enseñé a Ted, lo señalé y hablé por él: *árbol*. Y de este modo seguimos adelante, continuamos viviendo. Tal vez nunca volviera a ser joven, pero estaba viva. Estaba ahí.

Esta primavera, años después, fue parecida, tan pura como aquella en sus colores, en su sorpresa. Había olvidado cuánto disfrutaba la casa de ella, de que la bañara una luz más cálida, durante más tiempo. Teníamos narcisos en la mesa de la cocina, cómicos en su familiaridad, las cabezas gachas, como niños enfurruñados vestidos por sus madres.

Pero Jake no dejaba de estornudar. Ahora pasaba mucho más tiempo en casa: alérgico a la mayor parte de flores, me lanzaba una mirada acusadora cada vez que se tapaba la boca con la mano y soltaba un enorme y ruidoso estornudo.

¿Puedes dejar de comprar flores de una vez?, decía, su voz amortiguada por el pañuelo de papel apretado contra la cara. Yo asentía, vaciaba aquella agua rancia en el fregadero, plegaba los tallos contra sus caras, me las llevaba al cubo del jardín. Y al día siguiente, volvía a comprar.

Así eran las cosas ahora; de algún modo, por primera vez en nuestro matrimonio, yo me había convertido en la esposa callada, casi obediente, y Jake en el hombre enfadado, soltando ladridos. Lo habían suspendido de su puesto después de lo de la foto, a la espera de investigación. La primera respuesta había llegado el día después de Navidad, la reacción postergada por el pavo y el pudín, por coros de niños cantando villancicos.

¿Qué cojones es esto Jake?

¿Todo bien J? ¿Es una broma?

Me los había leído, su voz elevándose con cada fragmento, con cada movimiento del pulgar. Fue casi un alivio: a lo largo de todo el día de Navidad había sentido mi mente más ligera que nunca, su motor propulsaba mis movimientos a toda máquina, el corazón amenazaba con salírseme del pecho.

Mientras los chicos desgarraban papel de regalo como seres hambrientos quitándole el envoltorio a un pan, yo los acompañaba con apostillas rápidas, chillonas:

¿Qué es eso, Ted? ¿Qué te ha traído Papá Noel? ¿Una mini-guitarra? ¡Increíble!

... y Jake grababa. Lo había grabado pese a que ambos sabíamos lo decepcionantes que resultaban después estos videos, cuando los regalos llevaban ya largo tiempo abandonados, y la emoción preservada de aquel día se antojaba de mal gusto, performativa. Mi voz en esas grabaciones era la peor representación de mí misma que podía imaginar: empalagosa, cameladora, como si les estuviese rogando a mis hijos que disfrutaran de los juguetes que les habíamos comprado.

Había intentado olvidar lo que oí la noche siguiente a que llegaran los mensajes. Mientras me tambaleaba exhausta hacia la cama, ayudándome con las manos para subir los escalones. Durante los primeros segundos, pensé que eran los niños.

Las notas musicales, sofocadas, del llanto en la cama, la boca al abrirse contra tela húmeda. Me detuve y escuché. Era Jake, comprendí: sollozando, el mismo sonido, una y otra vez.

A Vanessa no le había pasado nada, me informó él mismo una noche poco después. Hablaba entre los barrotes de sus dedos, las manos cubriéndole la cara, su furia tan enorme que temí —por primera vez desde que lo conocía— que pudiese hacerme daño, que pudiera estamparme contra la pared, como había visto a mi padre estampar a mi madre, y dejarle las muñecas amoratadas, marcas que ella tapaba al día siguiente, tirándose de las mangas para esconder las manos.

Era mi teléfono, había dicho. Mi dirección de correo. *Parecía que... que lo hubiese hecho a propósito, para vengarme de V.*

¿V? No lo pude evitar. Nunca antes lo había oído llamarla así. *¿V?*

Levantó la cabeza, y lo vi: lo que yo pensara —mi intrincadísima indignación— importaba muy poco. No me daba ninguna ventaja; no tenía ningún peso. Ya no.

Solo para dejarlo claro, dijo, como si leyera mis pensamientos. *Esto se ha acabado, ¿vale? Se acabó la gilipollez esa de las tres veces, ni una más. Has ido demasiado lejos.* Ahí casi rio, levantando la vista al techo. *Dios mío, Lucy. Podría perder mi trabajo. ¿Me entiendes? ¿Cómo vamos a pagar el puto alquiler?*

Aquí viene, pensé. Se estaba levantando del sofá. Un escalofrío me recorrió el cuerpo, algo a medio camino entre el miedo absoluto y una leve excitación, casi imperceptible. Pero: *excitación*. Dejé eso archivado, para examinarlo más tarde. ¿Era lo que sentía mi madre? Se estaba acercando a mí, di un paso atrás...

Jake, yo...

Pero no me pegó. No me tocó. Se limitó a pasar de largo, hacia la cocina, donde lo oí encender el hervidor. Sin más: un clic, un gesto extremadamente normal y cotidiano. El agua herviría, y la vida seguiría adelante.

Su vida seguiría adelante. Yo era la que había hecho lo peor, quedó establecido en aquel instante. Mi sueño se había reducido a virutas de media hora, espacios en los que no alcanzaba siquiera a soñar. Me quedaba despierta intentando comprender cómo había ocurrido. Incrédula, iba recorriendo sus etapas, su desarrollo, su relato incomprensible. Me había convertido en una mujer de esas. Esas de las que había leído, mujeres que se escabullían del mundo, que existían en su propio plano de desprecio. Mis manos habían dejado de ser mías, empecé a sospechar. Pertenecían a otra persona. *La señora Stevenson*, tal vez. La mujer que se había casado con Jake, que se había convertido en esposa y madre, que no volvería a ser nunca una persona real.

27

El mensaje llegó en mitad de una noche rutinaria, el baño en marcha, él sentado a un lado, los ojos rojos e hinchados con bolsas de fatiga. Reparé en la ausencia allí donde de costumbre sentiría compasión por él, un deseo de acariciarle la cara con suavidad, besarle los ojos. En su lugar no hubo nada al principio, y luego la piqueta insidiosa de la observación. Vi a Jake, con increíble detalle, cada pelo de la cabeza, cada poro de la piel. Mi visión era tan nítida como la cámara de un documental sobre naturaleza; podía acercar la imagen tanto como quisiera, sin moverme un milímetro.

Estaba despegando los calzoncillos de Ted de la entrepierna de sus pantalones de chándal cuando se oyó el pitido, ese sonido lleno de esperanza que tan a menudo —en la realidad— anunciaba un mensaje de un grupo con el que había perdido el contacto, gente que había olvidado borrarme de su lista. O: requerimientos del colegio, solicitudes de pasteles caseros, de voluntarias, mujeres con tiempo entre manos.

Pero este era distinto: números desconocidos, un remolino de color donde debería ir la foto de perfil. Un dibujo.

Soy David Holmes. Me gustaría que hablásemos. ¿Podríamos vernos?

Mi primera reacción fue contárselo a Jake: es lo que hace contigo el matrimonio, te deja sin barreras, incluso en circunstancias como las nuestras, en las que apenas nos hablábamos, no digamos ya tocarnos. Nos comunicábamos solo en los términos más básicos: hechos esenciales en relación con la salud y la seguridad física de nuestros hijos, con la comida o las horas de recogida o enfermedades. Nada más.

Pero aun así me volví hacia él, con el móvil en la mano. Al moverme, Paddy se movió también, y volcó sobre el hombro de su hermano un vaso de agua helada que había quedado olvidado junto al borde de la bañera. Ted soltó un largo grito, y luego empezó a llorar. Los chicos discutían más de lo normal últimamente, habían entrado en una fase en la que casi cualquier suceso cotidiano —el color de un vaso, el orden al cruzar una puerta— traía consigo una erupción repentina de animosidad.

Cualquier intención de contárselo a Jake se perdió en el enfado de Paddy y Ted, en sus cuerpecitos envueltos como fardos en toallas calentadas en el radiador, en el cuidadoso sondeo de material de lectura enriquecedor y apropiado a su edad. No había en nuestros días hora más larga, y ninguna tan llena, nuestros hijos encaramándose a nosotros, más y más cerca, como si intentaran meterse dentro, romper las divisiones entre nuestros cuerpos.

Ted solo era capaz de leer unas cuantas palabras cada vez, y pronto estuvo demasiado cansado para seguir, dejó caer la cabeza en la almohada, los ojos se le cerraron un momento y se volvieron a abrir.

Lee tú, mami.

Durante las primeras líneas, la última aventura de Biff y Chip retuvo mi mente en sus palabras, en la llave brillante, en el monstruo marino que Ted recorrió despacio con la punta de los dedos. Pero pronto descubrí que podía leer y pensar al mismo tiempo, que mis ojos y mi boca eran capaces de funcionar fácilmente por separado, lo que dejaba libre mi mente para regresar al mensaje del teléfono.

¿Qué razón podría tener David Holmes para querer hablar conmigo? Intenté recordar su aspecto, pero solo me venían a la cabeza detalles dispares: una barba castaña, salpicada de blanco. Unos ojos claros, pequeños, o quizás los tuviera entrecerrados por la luz. Él también era investigador, me había contado Jake, en el mismo campo que Vanessa y él, catedrático en una universidad más prestigiosa que la suya. Empecé a recordar: sus aires de autosatisfacción en nuestra fiesta de Navidad, en algún cóctel del departamento, la sensación de que todo lo que experimentara en aquellos lugares no podía ser más que un entretenimiento pasajero, una trivialidad que pasaba de largo por las profundidades de su vida.

Ted bostezó, y yo me permití inclinarme hacia él y besarle la mejilla, oler esa esencia rancia que quedaba retenida bajo el pelo, detrás de las orejas.

Buenas noches, bonito mío. Otro beso en la frente: ya estaba bien, me dije. Les daba demasiados besos a mis hijos, temía. Tenía que ponerle límite, dejarles espacio.

Cuando salí del cuarto, saqué el móvil del bolsillo trasero. Borraría el mensaje antes de que hubiese cualquier peligro de que Jake lo viera y se enfadara. Desaparecería, desocurriría tan rápido como había ocurrido el *email* que envié, decisiones trascendentales, vidas enteras trastocadas por un toquecito, poco más que un movimiento nervioso.

Fui directa a la cocina, me bañé en el haz fresco de la luz de la nevera. Arriba, Jake le estaba leyendo a Paddy en nuestro cuarto, su voz un sonido aislado, constante. Cogí un cuenco tapado con un plato, y otra cosa envuelta en papel *film*. Últimamente, cenaba dos veces, sobras, restos que comía de pie, sin cubiertos, embutiéndome un bocado tras otro.

Era un hambre nueva, un hambre que me llevaba a coger una cuña de queso y comérmela a mordiscos, como una manzana. Apuré todos los recipientes con sobras de la nevera, engullí a cucharadas crestudas olas de ensaladilla. Del mismo modo que mi mente había despertado, lo había hecho también mi boca, al parecer, mi cuello, todo mi aparato digestivo. Estaba siempre vacía, últimamente, un espacio abierto por completo, esperando a ser llenado.

~

De niña, cometí una vez el error de contárselo a alguien. Alas, mencioné. Una mujer.

Ah, respondió la otra persona, su voz solo una pizca burlona. ¡Un ángel de la guarda!

En las noticias un día: un esqueleto con alas. Una prueba, decía la gente. De los ángeles, o de otra cosa. Pero resultó ser carnicería, y no un milagro. Pollos, unos dedos trabajando en un cobertizo oscuro para convertir a los muertos en otra cosa, para intentar hacerlos revivir.

~

28

En pocas semanas era el cumpleaños de Paddy, se alzaba frente a mí sin importar lo demás, un monumento lejano, sus detalles ocultos a la vista. Sería difícil permitirnos una gran fiesta, pero parecía inevitable; ¿de qué otro modo íbamos a preservar su felicidad, evitar que se convirtiera en un marginado? Había mandado las invitaciones antes del final de trimestre, esperando que con las vacaciones de Pascua la mayoría no pudiera venir. Había pasado a ser normal invitar a toda la clase, por lo menos treinta niños, alquilar un local, contratar a un animador infantil. El disfrute no parecía el propósito de estos eventos; los niños solían estar asustadizos y angustiados; los padres, exhaustos en el mejor de los casos, traumatizados en el peor, repartiendo bolsas de caramelos de papel reciclado con manos temblorosas.

Me pasé un montón de tiempo sentada en una cafetería junto al río buscando en Internet, fingiendo que trabajaba pero comprando, en realidad, artículos para una fiesta pirata. Vasos, pajitas, lápices, pomperos, manteles, globos, pistolitas de agua, velas y yoyós diminutos, cada uno con una imagen pirata distinta pegada por fuera. Deambulaba por Internet, seleccionando y eliminando opciones de una manera más rápida, más eficiente, de lo que había sido capaz nunca antes: sentía la energía concentrándose detrás de mis ojos, una inyección de azúcar, un ascenso en vertical.

A veces, no podía pensar en otra cosa. Por la noche, empecé a ver loros en mis sueños, barcos enormes con dragones en la proa, una lluvia de doradas monedas de chocolate. Por el día, sacaba muy poco trabajo adelante; los clientes empezaban a mandar *emails* secos, raspaduras de cortesía pensadas como armas, ciertas expresiones escogidas para hacer daño.

Lamentamos que... Esperamos que... Confiábamos...

Siempre en plural, incluso por parte de clientes que habían usado previamente el «yo». Ser hiriente era más fácil, supuse, si se hacía desde lo colectivo. Veía cómo el trabajo se me escurría entre los dedos, pero no me sentía capaz de impedirlo: mi mente iba ahora demasiado rápido, daba la impresión. No podía más que pasar rozando cada tarea, retener brevísimos datos.

A pesar de ello, la vida continuaba, una nueva versión de normalidad, un modo de ser al que nos adaptamos rápidamente: yo seguía recogiendo a los chicos en la escuela todos los días, pese a que Jake estaba en casa, invadiendo el salón de tazas de café y envoltorios de barritas de cereales, con los auriculares puestos, tecleando, el portátil encima de las rodillas. Trabajando, suponía.

Yo seguía preparando todas las comidas, metía y sacaba la ropa de la lavadora, los platos en el lavavajillas, escribía a los padres de los amigos de los niños, organizaba sus extraescolares, sus cortes de pelo, sus invitaciones para jugar, sus zapatos nuevos y sus revisiones de la vista. Algunas cosas se quedaban en la cuneta: la casa estaba a menudo desordenada, descuida-da, me miraba con desprecio. Pero yo salía a trabajar: y cuando volvía me esperaba más trabajo. Me estaba portando bien.

Y este estado mental había traído una nueva claridad, tam-bién, como si mi mente se hubiese renovado, su velocidad se hubiese hecho más nítida, mis percepciones depuradas de todo lo innecesario. Durante años, cuando Jake sacaba a los niños en fin de semana —al parque, tal vez, o a nadar—, yo estaba convencida de que uno de los dos moriría. Esa sería mi recompensa, por pedir tiempo a solas, por preferirlo, siquiera brevemente, a la compañía de mi familia. *Las madres egoís-tas no se merecen a sus hijos.* En alguna parte, de algún modo, había oído eso, o lo había sentido, lo había ingerido con los cereales, quizás, y me había tomado el mensaje como una for-tificación, como el amanecer: algo por completo natural, por entero inevitable.

Y entonces un día, igual que había llegado, el mensaje desapareció. Cuando los niños salían de casa, subidos a sus pequeñas bicicletas, no imaginaba el momento en que caerían de ellas y se partirían el cráneo contra la acera. No visualizaba el momento en el que Jake apartaría la vista de Ted en la pisci-na, solo un segundo, el vigilante distraído, la forma oscura de un cuerpecito desvaneciéndose bajo el agua.

Podía verlo con claridad, al fin: los niños estarían, casi con toda certeza, bien. Y si no era así, *no sería culpa mía.* Eso de-bía de ser, comprendí, lo que sentían las madres normales. Todas esas que son *muy felices*, con su ropa de buen gusto y su sesión semanal de sexo en la postura del misionero. Sus mue-bles elegantes, la facilidad con que se desprenden de sus al-mas y dejan que pasen, sin palabras, a la siguiente generación.

Todas esas madres que no querían ya nada para sí mismas, pero lloraban en el concierto de clarinete de su hija y en la graduación de su hijo, sus lágrimas de orgullo verdadero, y no algún duelo encubierto (como lo habrían sido las mías) por su yo perdido, por esa energía cuyo lugar se encontraba ahora en otra parte.

Había dejado incluso de revisar el móvil de Jake. Desde el día que envié el *email*, lo había estado sacando de debajo de su almohada mientras dormía, introduciendo mi cumpleaños, buscando su nombre, buscando cualquier foto nueva. Pero no había nunca nada que no hubiese visto antes: aprendí a ver el teléfono e ignorarlo, a dejar que la pantalla conservara su propio sueño, su insulsez destellante.

~

La arpía nunca ha tenido hijos, al parecer. Nunca ha comprado o alquilado una casa, nunca ha escogido fundas de cojín ni ha seleccionado de entre miles de opciones una alfombra.

Puede dormir en pleno vuelo, su propio cuerpo su refugio, las uñas curvadas, lista para atacar.

~

29

Una tarde, volví antes de lo normal: había decidido meter algo en el horno antes de recoger a los niños en el coche y llevarlos a su clase semanal de natación. Había vuelto a preparar comidas sencillas: montañas de pasta, pizzas precocinadas, patatas fritas precocinadas, sopa de lata. Pero hoy tenía una pierna de cordero, algo que podía cocinar despacio y servir con patatas, con verduras al vapor. Era yo la que estaba enmendando sus errores ahora. Dándole a Jake algo por lo que estar agradecido.

Cuando llegué, no estaba en el sofá, el lugar en que parecía vivir, echado con las piernas en alto por las noches, viendo la televisión, programas sobre el espacio, sobre extraterrestres, humanos con caras ligeramente alteradas. Se había hecho con la casa: ahora le era leal a él, lo notaba, en lugar de a mí. Olía a él, incluso cuando no estaba. Pero ese día el sofá estaba callado y despejado, con un aspecto extrañamente derrotado sin él, los cojines todavía abollados en torno al sitio en el que había estado tanto tiempo sentado.

Fui hacia la cocina, esperando verlo ahí, rondando el hervidor como tan a menudo, como los compañeros de piso con los que había vivido yo en la universidad, ese chico solitario al que solo veía junto al hervidor, preparando café o fideos, mientras se pasaba las manos por el pelo grasiento. Pero tampoco estaba ahí. Subí las escaleras, recogiendo cosas de Paddy y de Ted por el camino, dos jerséis, un calcetín, piezas de un puzle abandonado.

¿Jake?, llamé desde los escalones.

Estaba en el baño, con una lata de pintura blanca y una brocha gorda, tapando un garabato que había hecho Ted con una cera de color años atrás.

Ey, me miró un instante, luego volvió a la pared. Llevaba unos vaqueros, cosa rara en él, unos viejos que se ponía para estar por casa, holgados por la parte del trasero, sujetos con un cinturón. Una camiseta raída: un grupo que le gustaba quince años atrás.

He pensado que sería mejor mantenerme ocupado, dijo, mirando todavía la pared, dando toques a una esquina ya inmaculada con la brocha. Soltó el aire despacio. *Quedan todavía semanas para la vista.*

Puso énfasis en esas dos últimas palabras, sesgando la voz hacia un tono burlón. Jake me había explicado ya que diría que se le había resbalado el dedo, y había mandado el *email* por error. Me dejaría a mí al margen. Si volvía al trabajo —cuando volviera—, no habría más Vanessa, me prometió. Dimitiría de los grupos de trabajo y de los comités en los que coincidían, la evitaría en el pasillo.

Oye, Jake... Yo me retorcía las manos, buscando palabras que todavía no le hubiese dicho. No *perdón*, que parecía haber sido pronunciada tantas veces —por parte de ambos— que había perdido todo significado y se había convertido en una especie de chiste que incitaba a una risa desdeñosa cada vez.

Gracias —me decidí por eso—, *no sé si ya lo había dicho. Gracias, por no dejarme..., por cargar tú con ello.*

¿Cargar con ello?

Me las había apañado para terminar escogiendo las palabras equivocadas.

No pretendía... Solo quería decir... Gracias.

Cargar con ellos, dijo Jake de nuevo, negando con la cabeza, como sopesando la expresión, evaluando sus méritos.

Eso no es del todo correcto, ¿no, Luce?

Dejó la brocha, se lavó las manos. Tenía pequeñas salpicaduras de pintura blanca en los vaqueros, en los antebrazos, en la cara. Se acercó a mí, y yo, sin pensarlo, levanté la mano para limpiarle un poco de pintura de la mejilla.

Muy rápido, detuvo mi mano en mitad del movimiento, y la sostuvo en el aire. Sin mirarme a los ojos, me besó, más y más fuerte, su lengua en mi boca, la clase de besos que no piden respuesta. Comenzó a empujarme hacia atrás, con suavidad, y luego más fuerte, sus brazos rodeándome la espalda, mis piernas moviéndose con las suyas.

Donde normalmente habría una apertura, lenta o rápida, suave o brusca, no había nada. No sentía nada, apenas noté cómo sus manos me levantaban la blusa y me agarraban un pecho con brusquedad. Jake no me había tocado nunca así, como si yo no fuera más que un cuerpo.

Me tumbé en la alfombra del descansillo mientras él forcejeaba con su cinturón encima de mí. Volvió a besarme, con algo más de ternura, me miró a los ojos por primera vez, como para confirmar. Yo asentí. Sin duda, pensé, eso era lo menos que podía hacer.

Mientras se movía sobre mí, vi un póster en la pared, uno antiguo, de su piso en la universidad. Recordé la primera vez que nos acostamos, algo torpemente, antes de que hubiese crecido la pasión. Había luna llena aquella noche; recordé la forma en que nos habíamos quitado la ropa, cómo se reflejó en nuestros cuerpos aquel pálido resplandor, cómo nos sentimos nuevos: para el otro, para el mundo.

30

Iba a ir a recoger a los niños del colegio y a llevarlos a piscina, así, con esa irritación entre los muslos. Esperaría junto a la verja y me pondría a hablar del nuevo equipamiento del patio, dudando si podrían olerlo en mí. Me pregunté cuánta gente habría recogido a sus hijos del colegio con sexo en las manos, secándose en su ropa interior. Recolocándose la ropa bajo la chaqueta.

Paddy y Ted salieron agotados, hambrientos. Había olvidado llevarles merienda; tuvimos que ir a la tienda, donde un perro atado se puso a ladrar y asustó a Ted. Me arrodillé en la dura acera, cogí en brazos el cuerpo uniformado de mi hijo. Olía a escuela, a orina diluida, acentuada con fiambre y algo como calabaza. No dejó de llorar hasta que el dueño se llevó al perro, todavía ladrando. Al notar los bracitos de Ted en mi cintura, pensé en Jake, en sus dedos metiéndose impasibles dentro de mí, como si hubiese olvidado cómo me gustaba que me tocasen. Cuando Ted escondió su cara mojada en mi cuello, me pregunté si percibiría lo que había ocurrido ahí, si olería la masculinidad, a su propio padre.

¡Es solo un perro! ¡No seas tan bebé llorón, osito Teddy!, le gritó Paddy, con la cara retorcida por el despecho, húmedas salpicaduras aterrizando en su abrigo.

Ted comenzó berrear aún más fuerte al oír esto, echó la cabeza atrás, mirando a las nubes, abrió la boca de par en par. Los transeúntes nos lanzaban miradas desde arriba, a nosotros, al ruido.

Cierra la... para, Paddy. Por Dios santo, está muy disgustado. Encontré un pañuelo usado en el bolsillo, se lo pasé a Ted por las mejillas, intenté absorber las lágrimas antes de que cayesen. Podría haber dejado a los niños en el coche, pero ya sabía las miradas que me echarían si lo hacía.

De camino a la piscina —el tráfico mal, la lluvia empezando a salpicar el parabrisas—, Paddy dio una patada al respaldo de mi asiento con las punteras duras de sus zapatos del colegio. Eran unas botas robustas, un par de buena calidad que habíamos escogido juntos un sábado, Paddy pateando orgulloso el suelo de la zapatería.

Ahora, las patadas se sucedieron, un golpeteo constante que volvía a comenzar cada vez que le pedía que parara, con la voz cada vez más llena de rabia, forzada y al fin entrecortada, un sonido desgarrado.

¡Eres malísima, mamá!, acabó chillando, enfrentando su ira con la mía, descargando una patada extrafuerte en la base de mi columna. Solté un grito, el dolor me bajó por la espalda. En lo más hondo de mí, el dolor de la presencia de Jake seguía palpitando, una reprimenda. Paddy tenía razón, sentí. Él sabía lo que era yo.

Estuvieron los dos callados unos minutos después de eso, aquietados en embotadas ensoñaciones por el mundo que se alzaba y hundía en las ventanillas, el arrullo sostenido del motor bajo sus cuerpos. Fue al terminar la merienda cuando empezó la batalla, oscuros chirridos de ruido cruzando el silencio, gritos que contrarresté con los míos.

¡Mami, me ha llamado culo apestoso!

¡No es verdad! Es un mentiroso.

¡Parad! Los dos. ¡Basta de gritos!

Alguien apestaba, de hecho. Uno de los dos —seguramente Ted— no se había limpiado como es debido, y el olor a mierda de niño incrustada durante horas flotaba en el coche, se nos metía en las narices, en el pelo, debajo de las uñas.

Hubo más griterío, y luego el batir desesperado de brazos demasiado cortos para cubrir el ancho del coche. Por el retrovisor, vi a Paddy intentando zafarse del cinturón de seguridad, agachando la cabeza a través de los arneses, alargando el brazo para golpear los brazos de su hermano, que aleteaban ya furiosamente en una tentativa de defensa.

Íbamos por una calle residencial, larga, tranquila. No había otros coches a la vista, ni resaltos, ni siquiera un peatón por la acera. En una farola, un pájaro solitario sacudió las alas, inclinó la cabeza. Eché otro vistazo por el retrovisor, vi a los chicos ya haciendo contacto, chirriando por el esfuerzo, sus voces ultrajadas se oían alto y claro por todo el coche. Sentí la furia en ascenso, amargamente familiar, una amiga desatendida. Clavé las uñas en la densidad del volante, un dolor pasó rozándome la mandíbula cuando apreté los dientes.

Apoyé el pie en el acelerador y lo dejé ahí, noté cómo la velocidad crecía en mi pecho, cómo su fuerza empezaba a aplastarme contra el asiento. Mientras acelerábamos pude sentir, más que oír, como la quietud se apoderaba del asiento trasero.

Sin mirar, supe que Paddy estaba de nuevo en su arnés, con la vista fija al frente. Solo cuando llegué justo al cabo de la calle levanté el pie, un poco, y empecé a reducir la marcha. Y solo cuando seguí sin oír nada durante unos cuantos segundos —nada más que un terso silencio— les eché un vistazo, sus caras llorosas e inmóviles en el retrovisor, ninguno de vuelta a sus ensueños, o a la pelea, sino mirando adelante, los ojos empañados, indescifrables.

~

Es una mala madre, *dirían algunos.*

Pero: ¿es humana una madre?, se podrían preguntar. ¿O simplemente tiene forma humana, cada extremidad donde toca?

~

31

Quedé con David Holmes en un restaurante en el que no había estado nunca. Me había parecido siempre un sitio para el que habría que arreglarse, llevar la ropa que llevaban las viudas en impecables películas americanas: vestidos ajustados ceñidos con cinturón, medias finas, zapatos de charol y tacón de aguja. No había ocasión alguna en la que lograra imaginarme reservando en ese sitio: ningún cumpleaños o aniversario que me pudiera llevar a buscar sus paredes color crema, las elegantes plantas de interior que cubrían los cristales e impedían que los transeúntes vieran comer a los clientes.

David había fijado el lugar y la hora: yo lo había dejado abierto, para que él tuviese el control. Ya me había parecido suficiente, enviarlo...

OK. Cuándo? L

... en mitad de otra noche sin dormir, las horas en vela rodeándome como un océano negro, la cama una balsa endeble, oscilante, en mitad de la oscuridad. Por la mañana, tuve que comprobar que en efecto lo había enviado, que no me había limitado —como había hecho tantas otras veces— a acariciar el mensaje. No lo había llegado a borrar, me gustaba volver a él cuando mi cabeza andaba particularmente agitada, cuando temía que mis pensamientos salieran despedidos de mí, escapasen al aire puro del otro lado de la ventana. Me calmaban, esas palabras: me hacían parar.

No respondió hasta el cabo de varias horas. Había desistido de esperar, tal vez, se arrepentía de haber mandado el mensaje, para empezar. O solo estaba ocupado. Trabajando. Traté de imaginarlo con una bata blanca de laboratorio, o en un concurrido auditorio, frente a un centenar de alumnos. Pero era demasiado difícil: solo me era accesible en fotogramas congelados, con una copa del vino barato de la fiesta de profesores, dando un sorbo, adoptando una ligera y educada expresión de desaprobación.

Me pregunté si lo reconocería. Le di su nombre a la modelesca *maître*, como si fuese un encuentro de trabajo. Ella extendió un brazo trajeado, señalando hacia el fondo. Por supuesto: no se iba a sentar cerca de los cristales, ni siquiera con la protección de los helechos. Lo más seguro era que muy pocos de sus conocidos vinieran a un lugar como este. Tendrían los restaurantes del vecindario, cerca de sus casas elegantes de ventanas mirador. Conocerían a los camareros por su nombre.

Lo vi antes de que él me viese a mí: parecía estar leyendo la carta con interés, y me pregunté si acaso escogería algún *brunch* chorreante y oloroso: huevos a la florentina, tal vez, algo que tendría que ver sorbiendo en su boca. Pero en cuanto llegué a la mesa dejó la carta a un lado, con firmeza. Se levantó de la silla, me saludó con una sonrisa de labios pegados, un enérgico apretón de manos —la piel seca, fría—, sus ojos se cruzaron con los míos antes de sentarse de nuevo. Tenía un aspecto más informal de lo que le había visto antes, iba con una camisa Oxford azul claro, sin americana, el botón de arriba desabrochado. Era mayor de lo que recordaba; la piel del cuello estaba fláccida y caída; las manos sobre la mesa ligeramente velludas y cubiertas de manchas de la edad. Debía de tener como mínimo diez años más que Vanessa. No era de extrañar, pensé antes de poder detenerme, que deseara a Jake, su firmeza, la suavidad todavía juvenil de su piel.

Bajé la vista, preocupada por si me había puesto roja. Sabía que me estaba evaluando, la *esposa engañada*. Yo me había vestido con la mejor ropa que había conseguido encontrar, pero notaba cómo el estómago se me hinchaba despacio por encima de la cintura del pantalón, las piernas demasiado hundidas en la piel de la silla.

Debe de parecer extraño... que le haya pedido que venga.

Lo dijo sin la entonación de una pregunta, como si conociese con certeza mis sentimientos, como si ya los hubiese valorado y los hubiese encontrado razonables. *Razonable* era —imaginaba yo— la meta más alta para personas como David y Vanessa Holmes, personas con dormitorios amplísimos e hipotecas diminutas que crecían creyendo que era razonable tener las vidas que deseaban.

Asentí, di un sorbo al agua que habían servido ya en mi lado de la mesa.

¿Por qué quería verme? No me iba a poner de cháchara, había decidido: no iba a hacerlo sentir a gusto.

El camarero se acercó; David se detuvo justo cuando estaba abriendo la boca para hablar, esperó a que yo pidiese, recolocó las manos sobre la mesa mientras yo me decidía por un té. No se lo veía nervioso, sin embargo, solo parecía realizar la acción que resultaba apropiada. Tuve la sensación de que sabía siempre qué hacer, en todo momento.

De hecho... Se aclaró la garganta, era el mismo ruido que había oído al teléfono. Un gruñido prolongado, líquido. El estómago me dio un vuelco, y luego se repuso.

De hecho, tengo una petición. Un..., bueno..., un favor que pedirle.

Yo tenía la mano apoyada en la boca, me di cuenta, cuando sus ojos la miraron de pasada. La aparté. Apenas era consciente de lo que hacía mi cuerpo: lo opuesto a la forma en que se colocaba él, a la lentitud con que llevaba a cabo cualquier cambio en su postura. Tal vez, de joven, había sido más flexible, pero lo dudaba: había conocido unas cuantas versiones de esta especie en la universidad, vestigios de otra época, hombres que sabían exactamente cómo comportarse.

Ajá. Fruncí el ceño, un instante: no lo pude evitar.

El camarero volvió con el té, y le preguntó a David si deseaba algo —llamándolo *señor*— antes de regresar a la parte delantera del restaurante, la luz que entraba por los cristales parecía desvaída, distante, como si estuviese ya en el pasado.

Quería pedirle si podría hablar usted con su marido —hizo una ligera mueca al pronunciar esta última palabra, reparé— *sobre su situación laboral. Sobre si habría alguna posibilidad... la oportunidad... de que encontrase* —otro gruñido— *trabajo. En otra parte.*

De nuevo, no hubo entonación de pregunta. Estaba más cerca de una orden que de un favor, me percaté. Lo experimenté más como la identificación de algo que ya sabía que como un conocimiento nuevo: por supuesto que el profesor

David Holmes nunca me pediría algo con sinceridad, nunca se colocaría en una posición vulnerable con una petición genuina. Pero sí podía, sin embargo, esperar algo de mí.

Todo este asunto ha sido terrible para mi esposa, ya sabe, para Vanessa. La foto... Sé que ella nunca diría nada. No se lo pediría nunca a... o a usted. Pero es tan feliz ahí... Y no la mandó ella, de modo que...

Era interesante, cómo la cólera aparecía y desaparecía delante de este hombre. Cómo osaba alzarse, tímida, y cómo, al no tener adónde ir, ninguna posible expresión, se esfumaba hacia mi interior, parecía transmitirse a mis manos, en su lugar, a su temblor, a su incapacidad para sostener la delicada taza de porcelana sin derramar el té. Intenté hablar con voz segura, al fin.

¿Sabe Vanessa que está aquí?

Él negó prontamente con la cabeza.

No. Se disgustaría. Lo ha ido llevando mejor... últimamente.

Entonces, ¿van a seguir juntos?

Por primera vez, vi la irritación manifestarse, antes de que pudiera hacer algo por impedirlo: una curvatura ínfima del labio, un tensamiento involuntario de la piel junto al ojo. Su voz, cuando habló: apenas un levísimo deje de ira.

Bueno, sí. Por supuesto. Yo creo en... Cogió una servilleta, la dejó en la mesa, movió la pierna; se debatió, un instante, para encontrar el movimiento apropiado.

Creo en el perdón. Como usted, ¿deduzco? Cierta maldad ahora, inconfundible, la boca y las cejas moviéndose a la vez. Por un segundo, una ola de calor-horror amenazó: ¿lo sabía? La desdeñé, de un modo visible, negando con la cabeza: imposible.

¿No? Vaya. Es interesante, desde luego, pero en absoluto de mi incumbencia. Sus movimientos eran precisos de nuevo, contenidos. *Pero, como digo, si pudiera usted sugerirle...*

Me puse de pie antes de saber que lo estaba haciendo: la silla cayó al suelo con gran estrépito, el ruido atravesando el fondo ambiental, tintineante, de última hora de la mañana. Por el rabillo del ojo, vi a David Holmes reaccionar, u optando por no hacerlo. Miraba directo al frente, inmóvil por completo, como absorbiendo nuevos conocimientos, llegando a una conclusión interesante.

No hizo ningún amago de ayudar, no me llamó. *Una lástima*, lo imaginaba diciendo, encogiéndose de hombros. *Lo siento por ella.* Estando ya casi en la puerta del restaurante, me parecía que podía verlo, sin girar la cabeza, observar el gesto sonriente, preciso, con que hacía una seña al camarero y pedía la cuenta.

~

Un fragmento de tiempo, quebradizo, transparente como el cristal.

La vuelvo a ver: sale del restaurante, camina por la calle. Es un día radiante, levanta la mano para hacer visera, ve la luz atravesando la palma, rojo rubí.

El mundo gira a su alrededor como hace siempre, un hervidero de vidas desconocidas. Ninguna de ellas nota, ninguna de ellas sospecha —siquiera por un segundo— lo que ha hecho.

~

32

Cuando los niños eran bebés, pensaba a menudo en marcharme. Imaginaba la pensión junto a la playa en la que reservaría habitación, la forma en que entraría la luz por las mañanas, como si ni siquiera reparara en que yo estaba ahí. Los objetos mismos serían distintos, imaginaba, las almohadas, la alcachofa de la ducha, los zapatos: nada me pediría respuesta. Nada me necesitaría.

¡Quiero que haga sol!, protestó Paddy la mañana de su fiesta. El día había comenzado frío y gris, y yo me pregunté qué habíamos hecho para inducirlo a creer que podíamos controlar el tiempo. Igual era un preparativo más para la fiesta del que había olvidado encargarme. ¿Tenía suficientes opciones de comida para los vegetarianos? ¿Había planeado bastantes juegos o quedaría algún hueco enorme, horripilante, en el suministro de entretenimiento, como había ocurrido en el sexto aniversario de Paddy? Quince personas diminutas mirándome fijamente desde el centro de un suelo de madera vacío. Un sinfín de canciones jugando a las estatuas, hasta que los niños más mayores, más listos, empezaron a quejarse.

Me pasé la mañana limpiando, ordenando, preparando bocadillos en forma de triángulo, cortando decenas de palitos de zanahoria y pepino que nadie se comería. Era importante simplemente exponerlos ahí, demostrar que eras consciente de la necesidad de dar vegetales a los niños. Trabajaba a un ritmo profesional, mis manos moviéndose según su propia lógica, cortando, colocando, decorando, borrosas por la velocidad, por los patrones que parecían conocer por instinto, formas familiares hechas con soltura. No dejaba de levantar la vista, para ver si alguien reparaba en lo rápida que era, pero nadie se fijó.

Habíamos decidido organizar la fiesta en casa, para ahorrar dinero, pero yo había olvidado por completo todo el trabajo que implicaba eso, la enorme y creciente distancia entre nuestra casa en su estado cotidiano y una casa considerada apta para mostrar en público. Habría veinte niños allí, incluidos los nuestros, un número mucho más alto del que yo esperaba. La mayoría de la gente no se iba de vacaciones, por lo visto; había intentado mostrarme contenta al responder cada confirmación de asistencia. *Estupendo*, había escrito varias veces. *Paddy estará encantado.*

Jake no comprendía por qué le estaba dedicando tanto esfuerzo: igual que con la fiesta de Navidad, parecía reacio a organizarla siquiera, parecía desear que nuestra familia fuera una unidad sellada, un recipiente hermético.

¿Le dirás tú a Paddy que se cancela, entonces?, lo desafié, pero él se limitó a encogerse de hombros.

Estoy seguro de que le va a encantar. Jake lo dijo de un modo amistoso, como si mi planificación festiva fuese un padecimiento benigno, algo que al final traía cosas buenas. Desde aquella tarde en el pasillo de arriba —nuestras mejillas tocándose, mi ropa remangada—, lo notaba ablandado, aplacado: ya no soltaba un sonoro suspiro cuando pasaba a mi lado, no actuaba como si yo fuese un obstáculo en el camino. Esa mañana mismo, echó una mano hinchando globos, colgando banderines de punta a punta de la cocina, escondiendo premios para la búsqueda del tesoro.

Una fiesta infantil, igual que la muerte, no es nunca real hasta el momento en que sucede. No se puede planear de verdad, ni imaginar. Es siempre inesperada. Cuando los chicos —eran todo chicos, pese a mis denodados esfuerzos— entraron en tropel, vi con claridad que, por más preparativos que hubiese hecho, la fiesta iba a ser un calvario. O tal vez, empecé a comprender, lo sería *debido* a mis esfuerzos, a mi terca insistencia en aferrarme al tema pirata, con todas sus armas asociadas, los parches en el ojo que impedían la visión de los niños.

Abrimos las puertas del jardín, los vimos salir a todos disparados hacia el resplandor —ahora hacía sol, un calor impropio de la estación, y Paddy me había dado las gracias por ello—, luchando con espadas en la hierba, trepando a la cama elástica.

¡Zapatos fuera!, grité, cargando demasiado el sonido en la garganta, por lo que mi voz sonó rasgada, desgastada. Jake se quedó junto a la puerta conmigo, riendo ante la estampa de diez piratas diminutos saltando a la vez, parches bamboleándose, espadas apuntando al cielo. Lo observé, asombrada por que fuese capaz de encontrar esto divertido en lugar de inquietante. Me apoyé en él, levemente, intenté absorberlo por osmosis: ese placer relajado, esa ligera distancia que parecía

ser la clave para disfrutar de la crianza. Traté de no pensar en cuánto más fácil era para *el marido*, cómo en su caso la familia podía ocupar un puesto secundario, sin excusas ni disculpas. Nos quedamos así quietos un par de segundos, puede que tres, empapándonos de sol, su calor tan similar a la calidez del amor en nuestras caras.

Llegó un grito roto desde la cama elástica, un chillido entrecortado que se convirtió en silencio por un instante antes de estallar en un llanto puro, como el de un bebé. Los niños dejaron de saltar de golpe, los bordes de malla volvieron a su sitio. Y de entre medio de ellos, asomaron dos de los niños: Paddy y su amigo Thomas. Iban cubiertos de sangre.

Había sido brevemente estimulante, que dejasen a mi cargo tantos niños, sabiendo como sabía que apenas era capaz de cuidar de dos. Cuando sus padres se marcharon —con gesto aliviado, sin molestarse apenas en charlar—, sentí casi que estaba confirmando mis referencias, mis cualificaciones criando niños. Pero no tenía ninguna. Me limité a sonreír y a tratar de parecer competente, madura, maternal.

Ahora, con dos niños heridos viniendo hacia mí, con sangre goteándoles de las narices, de los ojos, de las barbillas, vi que había sido un error. Yo no era ninguna madre. Yo era una niña tonta que había dado un resbalón y terminado en este tipo de vida. Pero podría interpretar el papel, como había hecho siempre. Eché a correr, y Jake echó a correr. Fui primero hacia Thomas, examiné su cara con el enfoque ultranítido del pánico. Vi enseguida que toda la sangre venía de un único corte en la frente, de unos tres dedos, un desgarro en la tersura habitual, una aberración. *Está bien.* Eso lo dijo Jake. *Le sangra la nariz.*

Comprendí que estaba hablando de Paddy, sentí una densa ráfaga de culpa por cómo había centrado mi atención en el otro niño.

Deben de haberse chocado de cabeza, o... Bajé la vista a la mano de Paddy, que sostenía una pequeña espada de madera.

Esa no es tu espada, cariño, dije comprendiendo lo que debía de haber sucedido. Había cogido la de otro niño, una cosa extrañamente afilada, y debía de habérsela clavado a Thomas por error —o a propósito— mientras saltaban. Rogué en silencio que fuese un accidente. *Por favor, por favor...*

Cogí un pañuelo de papel, lo apreté contra la cabeza de Thomas. Fuera, Jake mandó a los demás que se bajaran de la cama elástica. Paddy se sentó a mi lado, aguantando una bola de papel ensangrentado en la nariz, soltando un sollozo espasmódico cada pocos segundos.

Me ha pegado, mami, resolló con voz pastosa a través de la sangre. Miré a Thomas, que negó de manera poco convincente mientras los ojos se le llenaban de lágrimas. Sentí un acceso de alegría: no era mi hijo, después de todo, el que había cometido un acto violento. Era este niño, con esa madre saludable, siempre en la puerta del colegio, con ese padre imponente, trajeado. Antes de poder contenerme, estaba sonriendo de oreja a oreja.

Bueno, no hay que pegarse, ¿verdad que no?, dije con tono insulso, poniendo una mueca seria, intentando dirigirme a uno y a otro a partes iguales.

¡Pero, mami, yo no le he pegado!, empezó a protestar Paddy. *Le he dado con la espada sin querer, y entonces él me ha pegado un puñetazo.* Había comenzado a escupir, la sangre de la

nariz le cubría todavía los dientes, los labios, salpicó por toda la mesa cuando habló.

Echa la cabeza atrás, le dije. *De todos modos, no lo olvidemos* —y esta vez sí que miré a Thomas, no lo pude evitar—: *Nos tratamos bien y nos hablamos bien. ¿No es eso lo que dicen en la escuela?* Mi pulso estaba volviendo a la normalidad, por fin. Intenté respirar despacio. No era culpa mía, trataba de retener en mi mente. Le había organizado una buena fiesta; había hecho todo lo que había podido.

Le mandé un mensaje a la madre de Thomas, Sarah, en cuanto sucedió. Era importante asumir la responsabilidad, eso lo sabía. Seguir todos los pasos, como hacían en el colegio, donde mandaban a casa Informes de Accidente, documentos extrañamente burocráticos que incluían un esquema al estilo policíaco-homicida del cuerpo humano, la herida un círculo tembloroso. *Golpe en el hombro contra cabeza de otro niño. Caída en el jardín sensorial. Aplicamos hielo.*

Thomas se ha hecho daño en la cara subido a la cama elástica, le escribí a Sarah. *Está bien, no harán falta puntos, creemos. Bss.*

¿Era tranquilizadora, la alusión a los puntos, o no? ¿Resultaban inapropiados los besos, o sería demasiado brusco el tono, sin ellos? Combatí el impulso de disculparme en el mensaje, pero cuando ella llegó para recogerlos, los *lo-siento* salieron a borbotones de mí, un vertido líquido, aterrizando a sus pies.

No pasa nada, dijo ella, con los labios tirantes, inspeccionando la cabeza de Thomas. Y entonces: *¿Cuántos niños había en la cama elástica?* Estaba mirando hacia el jardín, donde cuatro o cinco niños, ahora sin armas, botaban al sol.

Bueno, unos cuantos, les quitamos las espadas... Lo lamento mucho, Sarah, de verdad, me siento fatal.

Y de verdad me sentía fatal, en ese momento, pese a que para entonces el corte de Thomas parecía casi curado, y tenía la cara encendida de jugar a las sillas. Había merendado particularmente bien, le había dicho a todo el mundo en voz alta que él era vegetariano, y después se había comido cinco bocadillos de queso y una montaña de *crudités*. Se lo conté a Sarah, para compensar por la herida. ¡Yo era buena madre! ¡Había cortado esas putas zanahorias!

Su cara no se inmutó: siguió mirándome como si fuera mi maestra, una persona infinitamente más madura y sensata. Todo lo cual era cierto. Tenía que reconocerlo.

Bueno, en realidad, le ha dado un puñetazo a Paddy en la nariz, así que...

Frunció los labios y yo sentí vergüenza, traté de quitarle hierro al asunto. *Los niños, ya se sabe.* No lo soportaba, cuando la gente decía eso. Me entraron ganas de gritar, de arrancarme las pestañas. Y aquí estaba yo, diciéndolo.

Le tendí la bolsa sorpresa de Tommy, una última ofrenda de paz. Saltaba a la vista que pesaba, bien surtida, con piratas diminutos de cartón trepando desesperadamente por los lados. Vi que Sarah vacilaba, pero su hijo se había hecho ya con la bolsa y empezaba a desfilar por la puerta, columpiándola del asa, canturreando en voz baja para sí. Los otros se marcharon poco después, un vendaval que salió volando tan rápido como había llegado. La casa quedó como si la hubiesen escurrido, con una atmósfera palpable y húmeda de alivio. Nosotros cuatro nos desplomamos en el salón, los niños hurgando en sus golosinas sin fuerzas, Jake y yo suspirando, abriendo y cerrando los ojos.

Estaba sentado muy cerca de mí: de pronto, parecía normal hacer esto, apoyarme en su hombro, dejar caer la cabeza con suavidad sobre él. Jake se inclinó y me besó en la coronilla, fugazmente, mi cuerpo inmóvil, sin respirar siquiera en respuesta.

Por el rabillo del ojo, vi a Ted observando en silencio, mientras masticaba un dulce, la baba asomando por la comisura de sus labios. Paddy levantó la vista también, al cabo de un momento, apartando un segundo la atención de su bolsa sorpresa. Yo me quedé quieta, dejé nuestros cuerpos juntos, dejé que los niños los vieran así. *Felices.*

Y tal vez pudiera ser real, y todo este asunto una simple *anomalía*, algo de lo que hablaríamos entrada la noche, con el tiempo, nuestras palabras una masa que moldearía el pasado con formas distintas, la oscuridad de nuestro cuarto haciendo que todo resultara creíble, necesario.

Nos detendríamos aquí, del mismo modo que no habíamos concebido un tercer hijo, que habíamos comprendido a tiempo que sería un error. Apoyé la cabeza en el pecho de Jake, su corazón una carretera llena de baches debajo de mi oído, un proceso fracturado, contracción y relajación, impulsos eléctricos que podían interrumpirse en cualquier momento.

Con dos es suficiente, susurré pegada a la tela de su camisa, con su baño químico-floral llenándome la boca, el sonido de mi voz apenas lo bastante alto como para que me oyese.

33

Esa noche, dormimos en la misma cama, nos despertamos en la misma cama. Nos volvimos a mirar al otro, exhalamos nuestro aliento en la piel del otro. Esas son cosas que hace la gente casada. No debería haber sido nada extraordinario. Pero daba la sensación de que hacía años, no meses, que no veía esta luz concreta en la textura pecosa de sus mejillas, los pelos rojizos de su barba incipiente centelleando como ascuas.

Crecí sabiendo que enamorarme era la cosa más importante que haría nunca. Cada canción, cada película lo confirmaba. Pero cuando Jake me besó por primera vez, me sorprendió. Podría describirlo como algo científico, vergeliano, botánico. Un florecer, un desplegarse, el pecho entero lleno de aire puro. Nuestros besos de ahora —tiernos, vacilantes— parecían ribeteados con este momento, recreaciones de una historia lejana.

Jake llevó a los niños al taller de Pascua; iba a quedar con un colega después, alguien con quien podría hablar de la investigación, alguien que compartiría con él los rumores sobre el posible veredicto. Se había afeitado esa mañana, se había puesto su ropa más elegante. Lo miré mientras engatusaba a los niños, la camisa cayendo lisa hasta el cinturón. *Mi marido.* Sentí un arrebato de orgullo, sus contornos familiares, como algo que no hubiera sentido en años.

* * *

Cuando se marcharon, me puse con el desorden restante de la fiesta, los banderines colgados de la pared, las tiras de papel de regalo detrás de las sillas. Comencé por los globos, dejé unos cuantos en el cuarto de los niños, junté el resto para su destrucción. Sujeté contra el suelo sus cuerpos bulbosos —algo fofos, ya— y asesté la puñalada con un alfiler, seguida de la explosión, una sorpresa cada vez. Me pregunté, por un momento, que debían de pensar los vecinos, si sonarían como disparos. En las noticias sobre atentados terroristas, la gente no parecía identificar nunca los tiros, al principio. Lo primero en lo que pensaban —y a menudo lo segundo, lo tercero, lo cuarto— era en petardos, en las explosiones de un tubo de escape, en globos reventando.

Mientras limpiaba, el tiempo pareció avanzar con una lentitud increíble. Miraba el reloj, hacía media docena de cosas —guardar un paquete en el armario, sacar el reciclaje, recoger un juguete del suelo, recoger cinco juguetes del suelo— y miraba otra vez el reloj. No sabía decir qué había cambiado: si yo o el tiempo mismo, si me movía tan rápido que los minutos no lograban contenerme como antes. Al terminar, faltaban todavía horas para recoger a los niños; tenía tiempo para mí.

Me preparé, me puse ropa y zapatos ligeros. Quería sentirme liviana, que los pies se levantasen con facilidad del suelo. No cogí casi nada, llevaba las manos libres: nadie sabría que tenía dos hijos que dependían de mí para todo. Crucé el campo, llegué hasta los prados y el río que transcurría por detrás, me volví a mirar los pastos, la vista tendida al horizonte. Había un olor denso y dulzón del sol sobre la hierba, kayaks y patos en el río. Era un día movido, ajetreado; me volví de cara al viento, sentí su suave poder en la piel.

Estuve mucho rato caminando, pasé junto a parejas de estudiantes cogidos de la mano, hablando en voz baja, niños pequeños que me adelantaban, ufanos, con sus bicicletas sin pedales, los pies rozando el suelo. Al final —cansada, sudorosa— llegué hasta un *pub* al otro lado del prado, un sitio al que íbamos a menudo con los niños los fines de semana. Les pedíamos refrescos, agua con gas y patatas fritas y disfrutábamos de unos momentos de crujiente paz, rodeados de otras familias que hacían lo mismo. Estaba más tranquilo entre semana. Había hombres mayores hablando en grupos, uno se alisaba la tripa con lo que parecía orgullo, balanceándose en su taburete, la pinta flotando dorada frente a él. Una pareja a punto de empezar a comer, ella con el cuchillo y el tenedor sobrevolando el plato, inspeccionando cada patata antes de llevársela a la boca. Varias mesas vacías. Pediría algo, decidí, tal vez me sentase en el jardín. Fui hacia la parte de atrás, donde el espacio se estrechaba y se volvía victoriano y serpenteante, una sucesión de giros bruscos y caminos sin salida.

Estaban ahí. Jake y Vanessa. Sentados en lados opuestos de la mesa, comiendo. Vanessa casi había terminado: un revoltijo de lasaña esparcido por el plato, ensalada colgando del tenedor. Tenía la mirada puesta ahí cuando Jake me vio, se levantó de un salto. Yo seguí concentrada en la franja verde que se perdía en su boca.

¡Lucy! ¿Qué hace...? V... Vanessa... solo estábamos hablando
de la vista. De la investigación, quiero decir.

Yo no quería —no podía— ver su cara, ver cómo cambiaban sus expresiones, la cualidad de su mirada mientras mentía. Me marché a toda prisa, chocando con la gente: a una mujer se le derramó la bebida, me lanzó un grito. Crucé de vuelta el prado, a medio correr, sus palabras golpeteando en mis pasos.

Solo
estábamos
hablando
Solo
estábamos
hablando

Quizás era verdad. Pero ¿por qué me había mentido por la mañana, su cara tan cerca de la mía? Estaba segura de que había usado *él* para referirse a su colega, podía oír de nuevo la palabra, burlándose de mí. ¿Y por qué había escogido ese *pub*? Estaba apenas a las afueras de la ciudad, aunque alejado del bullicio universitario más denso. *Seguro entre semana*, debieron de suponer.

Vanessa se había vuelto solo un segundo, pero había visto su expresión. No había en ella ningún remordimiento, pensé, nada más que una inexpresiva falta de reconocimiento, como si no me hubiese visto nunca antes. El río, antes una extensión fundente, tranquila, estaba ahora agitada por el viento, un agua fría y torrencial, atravesada por su mirada.

Los árboles me soplaban en la cara. Tenía la camiseta pegada a las axilas, la tela mojada en el cuello. Un dolor me irradiaba del pecho; el corazón me ardía, daba la impresión, volviéndose naranja rosado como el de un santo en una estatua. Me goteaba, veía en mi cabeza, rezumaba en mi interior.

Llegué a casa, me quité los zapatos de una patada en el recibidor. Faltaba todavía una hora para recoger a los niños del colegio. Me puse a caminar arriba y abajo, apreté las manos contra los ojos, clavé las uñas en mi piel. Esas manos: siempre me habían parecido delicadas, pequeñas y suaves, casi como las de un niño, con una trama más densa cuanto más me acercaba. Pero ahora parecían distintas, más grandes, de algún modo, las uñas demasiado largas, y curvadas. No eran las manos de una escritora, ni de una académica, como confirmó después. Eran otra cosa.

Volví a salir, dando un portazo, sin comprobar —como hacía normalmente— que quedase cerrada con llave. Fui hacia las tiendas: me había hecho una lista, algunas cosas que iba a necesitar. A lo largo de la acera, de punta a punta del cielo, vi desplegado ante mí el resto del día: lo *amable* que sería, lo solícita y serena que me mostraría con los niños, con sus riñas y dolores.

Me metería en mi cuarto, cuando estuviesen ocupados, con la tele o el uno con el otro. Y miraría por la ventana, al otro lado del campo, a los árboles en sus hileras perfectas, inmutables, la clase de testigos que necesitaba, señales de que seguía estando viva.

Es la última vez. Se tumba, una noche cálida, la camisa remangada, la cara vuelta al otro lado.

* * *

El primer corte no parece bastar. Jake continúa inmóvil, los ojos cerrados en calma, como si no hubiera sentido nada.

Cojo un pedazo de pañuelo y atrapo una gota de sangre que le resbala por la pierna, hacia la cama, hacia las sábanas blancas. Se extiende por el fino papel, un círculo, un ojo rojo.

¿Bien? Parece una pregunta tonta, ya en el mismo momento de pronunciarla. Es exactamente lo que me dijo el anestesista mientras el cirujano me abría el cuerpo en dos.

Pero Jake asiente, claramente, sin abrir los ojos. Me lo tomo como un permiso, como una invitación a seguir. Desde luego, si se hubiese terminado, se sentaría, y me dejaría claro que se ha terminado. Pero no hace nada de eso. Se queda ahí, continúa inmóvil.

* * *

No es una cuchilla para afeitarse las piernas. No tiene protector de plástico, ni banda hidratante. Es una *navaja* de barbero, una *rebanacuellos*, un instrumento que él apenas ha usado. Una moda pasajera, una compra online olvidada casi de inmediato.

Tiene el mango de madera, curvado y pulido como un bote. Una cuchilla reluciente, de doce centímetros. *Eco-friendly*, dijo Jake. Había vídeos, me contó, donde salían hombres que se afeitaban de maravilla con una de esas, día tras día, dando rápidas pasadas con la hoja bajo la luz.

Recordaba el día que había practicado con ella, una tarde de otoño, la mueca de dolor que hicimos ambos cuando se cortó una vez, y otra, la sangre viajando en gotas sueltas, individuos aterrizando en el lavabo.

* * *

Accedió tan pronto llegó a casa, su cuerpo entero derrotado.

Una última vez. La tercera: la que debía marcar de una vez por todas la diferencia.

Hazlo lo peor que puedas, Lu. Un declive lento de la boca, la imitación de una sonrisa. Miraba al suelo, sus propios dedos. No me miró a mí.

Olía todavía la cerveza en su aliento, no podía dejar de ver la espalda de Vanessa, aquel trozo de lechuga en el tenedor. Otros detalles habían ido emergiendo poco a poco, a lo largo de las horas.

Mientras compraba el desinfectante, vi una expresión —de Vanessa—, la misma que había visto en la fiesta de Navidad, algo entre la lástima y el desdén.

Mientras acostaba a los niños, vi su falda, bajo la mesa. Cuero, pensé. Y las botas: charol, por la rodilla, tacón robusto.

Las piernas cruzadas. El perfil arquitectónico de su cuello, el surco de la tira del sujetador.

Los pies: ¿estaban entrelazados con los de Jake? Por más que me esforzaba, no conseguía verlo.

* * *

Fue idea suya hacerlo en el muslo. Una irrealidad parpadeante, mientras se quitaba los pantalones, se subía la pernera de los calzoncillos.

Sentí el poder que había presenciado siempre a la inversa: médicos, enfermeras, comadronas, cerniéndose sobre mi cuerpo. Libres de hacer lo que gustasen. Los segundos previos a actuar, una intimidad enmascarillada, una borrosa falta de reconocimiento.

Yo cerraba siempre los ojos, como los cierra Jake. Nunca quería ver.

* * *

La cuchilla presiona con más fuerza. Pero. Algo ha ido mal: en lugar de una gota, es un aluvión. Es un muro, una ola, una marea. *Culpa mía.*

En lugar de silencio, hay gritos, que provienen de ninguno y de ambos, rodean nuestras cabezas, su cuerpo, mis manos, salen flotando por la ventana, hacia el sol.

34

Al principio, intenté parar la hemorragia yo misma. Fui presionando fajos de papel higiénico sobre el corte, pero lo sangre salía demasiado rápido. Jake gritaba, mirando abajo, diciendo que probara tal cosa, y luego otra.

¿Cuánto has apretado?, preguntó en un momento dado, los ojos muy abiertos y algo vacilantes, como si se le fuesen a poner en blanco.

Yo no dije nada; no podía decir nada. El momento del corte se había esfumado para mí, se había borrado. Parecía irrelevante ahora, de todos modos; lo único relevante era la sangre, el hecho de que no iba a parar. *Sabías que pasaría esto*, decía una voz en mi cabeza, una y otra vez. *Lo has hecho deliberadamente.*

¡Cállate!, grité en voz alta, volviendo la cabeza como para escupir algo.

¿Qué? Jake estaba entrando en pánico, se movía demasiado.

Tengo que llamar a una ambulancia, dije, con voz más firme ahora, el viejo pijama rosa que sujetaba contra él tornándose granate, floreciendo una y otra vez, sin fin, colores tras los párpados cerrados. Jake estaba pálido, la piel brillante y desnuda, como pintura fresca.

Me subió una náusea. Agaché la cabeza, contuve la arcada en la palma ahuecada de la mano. *Un accidente. Ha sido un accidente.*

La mujer del teléfono parecía enfadada conmigo. *Lo sabe*, no pude evitar pensar. *De una manera u otra, lo sabe todo.* No dejaba de hacerme preguntas: ¿respiraba? ¿Le sangraban los ojos? Todas las preguntas eran sobre Jake, sobre su cuerpo; ninguna sobre lo que había sucedido. *Un accidente*, había dicho yo, al comienzo de la llamada. *Un accidente con una navaja.* Parecía bastar con eso.

Llegarán en cinco minutos, dijo por último, con su voz extraña y neutra. *Asegúrese de que la puerta está abierta. Asegúrese de que los sanitarios puedan acceder a la vivienda.*

Yo asentí, absurdamente, dejé el móvil en la cama.

Me miré las manos, me las llevé a la cara, sentí la áspera ausencia de consuelo en mi propio tacto. Lo había hecho todo yo, pero ¿qué había hecho? Sentía el vuelo de mi mente, aleteando dentro del cráneo, golpeando hueso como si intentara escapar.

Traté de pensar en algo normal que decir. *¡Increíble!* Seguro que nos reiríamos de esto, con el tiempo, al cabo de unas semanas, de unos años. ¿No? Pero Jake tenía otra vez los ojos cerrados, y no en calma, esta vez: estaban apretados, fruncidos en la agonía.

~

Aquí: la tercera vez. Ya no hay vuelta atrás.

Nunca antes había tenido sangre así. Debajo de las uñas. Debajo de la lengua, de algún modo. De los dedos a la boca.

Por mucho que escupa y beba, no se va. Había olvidado cómo sabe: una acera caliente, un antebrazo, recién salida de la piscina. Como una sala de partos: como el futuro.

~

35

Si corríamos del todo las cortinas, había privacidad. Un rectángulo de privacidad, la cama, el gotero con su bolsa colgante, la silla para que yo me sentase. Los padres de Jake estaban todavía con los niños, como lo habían estado desde la noche anterior, convocados por una llamada de teléfono, por una breve y falsa explicación. Le iban a dar el alta el día siguiente. Hubo anestesia, temores de infección, un número asombroso de puntos.

Estaba en una planta alta, la cama más cercana a la ventana. Mientras Jake dormía, agotado por el dolor y la medicación, yo miraba fijamente afuera, hacia el campo anodino en el que habían comenzado las obras de una nueva ala del hospital, grúas y excavadoras relucientes e implacables contra la tonalidad del cielo. Las últimas veces —las únicas— que habíamos estado juntos en el hospital antes de esto iban a nacer nuestros hijos. El tiempo no avanzaba en el hospital. Me había dado cuenta entonces: se estancaba, se acumulaba, se quedaba atorado.

Aquella vez que mi madre estuvo ingresada, no sabíamos lo que estaba pasando. *Le están sacando las muelas del juicio,* nos dijeron, y durante años —décadas— después de eso, yo pensé que así era cómo te dejaba la cara la cirugía dental, que te salían bultos protuberantes en torno a los ojos y la boca, que te pintaba de algún modo los colores de una tormenta —añil oscuro, verde botella, vetas azul marino— por las mejillas.

Los niños pueden suspender la incredulidad a extremos extraordinarios, me explicaron más tarde. Cosas que no tienen el más mínimo sentido —la escayola del cuello, *la escayola de la muñeca*— pueden parecer plausibles, integrarse en el conjunto, hacerse encajar. Fue en un hospital distinto, pero era exactamente igual. La misma planta, las mismas ventanas frente a las que estaba ahora —gruesas, plásticas, a prueba de saltos—, contemplando las nubes que atravesaban el día.

Las cortinas se movieron, con embarazo, como si alguien quisiese llamar a la puerta. El sonido de un hombre aclarándose la garganta.

¿Señora Stevenson? Una voz, clarísima y cargada de autoridad. Las cortinas se separaron. Una bata blanca, un rostro delgado, pálido. El doctor preguntó si, a pesar de la aparente *ausencia de historial* de Jake, había algo que debieran saber.

¿Ha hablado alguna vez de autolesionarse? ¿Ha intentado suicidarse en alguna ocasión? Yo respondí que no a todo, con la mirada gacha. Sabía que estaba preparado para detectar a personas como yo: mentirosos, sádicos. Monstruos. Se me cerraron los puños dentro de los bolsillos, las uñas afiladas clavándose en las palmas de las manos. Había limpiado la navaja, la había enterrado sin pensar en el cubo de la basura, bajo bolsas de té y pieles de plátano, los desperdicios de nuestra semana.

En cualquier momento se me llevarían por la fuerza, pensé. No dejaba de imaginarme a los hombres que me cogerían, una banda de aspecto criminal con máscaras en la cara, y me sacarían de la luz limpidísima del hospital, reculando repugnados al ajustarme las esposas.

El doctor me hizo sus preguntas, y yo las respondí, la boca seca y torcida, la voz ahora aguda, ahora grave.

Entré en el cuarto, y lo vi con la navaja. Había sangre por todas partes...

Todo el tiempo que estuvimos hablando, Jake siguió durmiendo a nuestro lado, su respiración entrando y saliendo con suavidad de su boca, soñando como si no pasara nada malo. Pasaron por allí varios empleados del hospital, algunos se volvieron a mirar por entre las cortinas. En cierto momento, pasaron a mi lado dos enfermeras juntas; vi la mirada que me echaban, como se giraban para echar un último vistazo.

La culpa —si es que esto era culpa— reposaba sobre mis hombros como un animal, una sensación física de pesadez. Clavé los ojos en el suelo del hospital, en sus cuadrados relucientes, infestada por una enfermedad invisible. Aquello era maltrato, ¿no? Era *violencia doméstica.* Merecía esas miradas, y mucho más. Lo que había hecho Jake no era ningún crimen. Estuve a punto de contarle la verdad al doctor. Quería que se me llevasen, de pronto, que me aplicasen cualquier castigo que quisieran. Pero no me estaba acusando de nada. Estaba diciendo otra cosa.

Gracias, señora Stevenson. Entiendo que esto debe de ser muy duro.

¿Señora Stevenson?

La señora Stevenson levantó la cabeza. Una mujer hablando con un médico en un pabellón hospitalario levantó la cabeza, y asintió. Le dio las gracias: doctor Davies. Apartó la cara, para no tener que estrecharle la mano. Notó el roce de las cortinas en la espalda, miró a su marido —el señor Stevenson—, tumbado en la cama, los rizos hundiéndose en la almohada, la cara lívida. Contempló de nuevo los kilómetros y kilómetros de cielo al otro lado de la ventana, extendiéndose hasta un horizonte desconocido. Los coches que salían del aparcamiento, sus luces rojas brillando como si fuesen nuevas. Bandadas de golondrinas volando al campo siguiente, al árbol siguiente; solo estaban practicando, le había dicho Paddy una vez. Solo se estaban preparando, entrenando sus alas para meses de vuelo ininterrumpido.

~

Cree todavía que sabe lo que está haciendo. Irá a casa, imagina, y preparará la comida para sus hijos, para sus suegros.

Sonreirá y limpiará y consolará. Lo arreglará todo.

~

36

Salí del hospital, con los ojos entrecerrados por la luz. Tenía la cabeza llena de aire, afluyendo hacia el mundo que me rodeaba, el aparcamiento, los pacientes que arrastraban los pies con las batas aleteando, los edificios que se cernían y desplazaban sobre mí.

Caminé unos metros: sentía el cuerpo torpe, enorme, la carga sobre mis hombros aún más pesada. Sabía que debía moverme, avanzar más rápido, escapar de la lentitud de los pies sobre la acera. Llamé un taxi, apoyé la cabeza contra la ventanilla, le di al taxista mi dirección sin abrir los ojos. Me había llegado un mensaje de mi suegra, sabía que estaban todos en el parque, que estarían todavía unas horas allí, los niños lamiendo helados y deslizándose por toboganes, ajenos a todo.

En la casa, los cuartos vacíos me miraron como si fuera una desconocida. El sol se colaba dentro, bloques de resplandor en las paredes. Un jarrón azul, un regalo de bodas, fotos en marcos plateados: una familia, sonriendo. Revistas, zapatos, cartas, barajas de naipes. Cada objeto parecía tener su propia mente, el dinosaurio de peluche desolado, una pila de platos en el fregadero, acusadora. Había sido un error, veía ahora, cogerle apego a ese lugar, un simple edificio, uno que ni siquiera era mío. Saqué a duras penas la bici del pasaje y me alejé pedaleando por la calle como si fuese un día cualquiera, hacia la nada, sin tener ni idea de adónde iba.

Siempre me había encantado ir en bici, las ruedas girando debajo de mí, tan fácil como debería serlo andar, dejarme llevar suavemente o acelerar, sentirme casi llevada por los aires. Años atrás, antes de dejar el doctorado, me pasaba días enteros trazando círculos de otra ciudad similar, yendo de ejido en ejido, contemplando la idea de tumbarme debajo de una vaca, de revolcarme por el barro. Todo parecía mejor que volver a la biblioteca. Había ido notando cómo decaía mi motivación, había percibido cierta esperanza, y no temor, de quedarme embarazada, de poder apartar de un manotazo todos aquellos libros.

Me di cuenta ahora de que estaba famélica, aquella hambre voraz todavía presente, a pesar de todo, un motor que funcionaba sin pensar, que lo consumía todo. Entré en una hamburguesería, pedí el menú extragrande, me senté en una mesa con bancos, con las piernas apretujadas contra el asiento. Comer funcionó, igual que había funcionado antes, todo pensamiento anulado por la sensación, por el acto de masticar, por la mutación de objetos sólidos en un torrente de sabor y deglución, el refresco empujando la sal abajo, la carne prestando su grasa a mis dedos.

Pero, al terminar, con la tripa tirante, el pensamiento regresó: David Holmes, sus cejas grises alzándose.

Yo creo en el perdón. Igual que usted, supongo.

Perdonar es divino, me enseñaron de pequeña. Cuando vi por primera vez a mi padre cruzarle la cara de una bofetada a mi madre, decidí perdonarlo. Cerré los ojos y le rogué a Dios que me ayudara, que vertiera sus serenas luces pastel sobre esa imagen de mi mente, la repetición continua, la forma en la que ella cayó. Y, en cuestión de horas, noté que mis sentimientos hacia mi padre cambiaban. Cuando me preguntaba qué tal estaba, dejé de fruncir el ceño y dar la espalda. Empecé a responder: *Bien, gracias.* Lo había perdonado, al parecer, Dios me había ayudado: arreglado.

Poco a poco, sin embargo, fui notando que otro sentimiento crecía en mi interior. La imagen de mi madre —en la moqueta, llorando— no había desaparecido, me di cuenta, sino que se había transformado. Mi ira había quedado diluida, blanqueada hasta quedar convertida en un pálido vestigio de su forma, un agente encubierto que —durante meses, durante años— yo confundiría continuamente con otra cosa.

~

En la escuela primaria: un niño al que le gustaba. Me empujaba contra las paredes de ladrillo, fingiendo que era un juego, una broma.

Una vez, me dio una patada muy fuerte en la barriga. Una esquina del patio, un ladrillo hundido. Por un margen del cielo: la punta de un ala, cortando la vista.

Mi primer beso: un chico llamado Mike extendió el brazo frente a una puerta, me dijo que no podía volver adentro hasta que no lo hiciese. El interior de su boca era una caverna acuosa, un lugar del que creí que tal vez nunca escaparía.

En algún lugar de su espalda, cerca de la garganta: una forma de garra, aproximándose a mí.

~

37

Cuando salí de la hamburguesería, fuera aún estaba claro, el cielo de un azul eléctrico en su punto álgido, atenuándose a medida que se curvaba, se aplastaba contra la ciudad. Me senté en un banco junto al río, contemplé el agua alejándose de mí, los patos avanzando pasivos por su superficie. Cuando cruzó disparado un bote de remos —el timonel gritando por un micrófono— aparté la vista. Esperé hasta que estuvo despejado: sin botes, sin gente. Solo agua, esperando.

Miré el móvil en mis manos, sujeto entre las uñas ganchudas. Levanté un brazo y lo lancé: un gesto mínimo, un segundo, menos. Un instante diminuto, algo que podría quedar borrado después. La navaja. Presionando más fuerte. El móvil cruzando el aire, aterrizando en el agua, hundiéndose rápida, fácilmente. Adiós.

Eché un vistazo alrededor, para ver si había alguien mirando. ¿Era un delito eso? ¿Tirar mi móvil ahí? Contaminar el río. De niña, me aterrorizaba robar algo por accidente, meterme una cosa en la mochila sin darme cuenta. Imaginaba el momento del descubrimiento, ser culpable sin ni siquiera saberlo, sin ni siquiera intentarlo.

Si mi padre me pillaba portándome mal, me daba unos azotes detrás de las piernas, nada importante, lo mismo que recibían mis amigas. Pero lo peor, de lejos, era la cara de ella. La decepción de mi madre era una fuente de energía: podía abastecer un país entero.

Lo siento, mamá, decía yo, y me iba a tumbar en mi cama, el ardor en los muslos lo mejor que tenía —nítido, claro—, las voces retomando la rutina de siempre. *Asco de niña. Pedazo de idiota.*

Mi madre me decía que le rezase a Dios siempre que me enfadara. Para que me ayudase a ser mejor persona. *Mi niña buena.* Le gustaba tenerme a su lado en el altar, para que recibiéramos la hostia a la vez, nuestras rodillas bien juntas sobre el terciopelo.

Yo siempre miraba al cura en ese momento, y pensaba lo peor que se me pudiera ocurrir. El péndulo de su polla y sus pelotas, columpiándose como una campana debajo de la sotana. Las profundas cavidades costrosas de su nariz, el alienígena baboso de su lengua. Pensaba en meterle la hostia *a él* por la garganta, cómo se le saldrían los ojos de la sorpresa. No fui nunca la niña buena de mi madre.

Me dejé la puta piel. Me di cuenta de que había dicho eso en voz alta, eché un vistazo alrededor para ver si me había oído alguien. Pero no había nadie: solo árboles, la luz de la ciudad desdibujaba sus hojas con un resplandor amelocotonado. Y entonces: un cisne solitario deslizándose con la corriente, el arco del cuello un signo de interrogación, la suave curva de sus plumas como un *sí* flotando en el agua.

~

Las primeras arpías que vi casi no tenían rostro, sus ojos hendiduras claras, el pelo gruesas líneas negras que volaban dibujando formas detrás de sus cabezas.

Como mi pelo, *decía yo de niña, acariciando la página, el pelo, las alas esqueléticas.*

No, *respondía mi madre, ceñuda, y me apartaba la mano.* No te pareces en nada.

~

38

A medida que me acercaba pedaleando al centro de la ciudad, fui topando con grupos de gente que salían de noche, vestidos para el calor con camisas de manga corta, vestidos diminutos. Era viernes, caí en la cuenta; era incapaz de recordar la última vez que eso había significado algo para mí. Pensé en la primera fiesta propiamente dicha a la que fui, el vestido lapislázuli anudado a la nuca que llevé, sin sujetador. Recordaba haber besado a quince chicos aquella noche, sus manos en mi cintura, la fluidez con que pasó todo de la excitación al autorreproche, sin apenas transición.

¿Que has hecho qué?, dijo mi madre, cuando se lo conté por encima.

¡Serás guarra! ¡De uno en uno!

Yo me encogí de miedo, sentí la podredumbre subiéndome por las piernas, otra palabra que añadir a mi letanía. *Guarra*. Entonces ella se echó a reír, me ofreció el brazo. *Tontita*. Me besó en la coronilla.

Pedaleaba tratando de mantenerme cerca de los árboles, pegándome a los edificios, escondiendo la cara. Era posible, había empezado a pensar, que Jake hubiese contado ya la verdad, que la gente me estuviera buscando. Igual mi cara estaba en Internet, en carteles. *Marido sufre cruel agresión*. Pero me alivió descubrir, al pasar junto a grupos de gente, parejas, estudiantes, hombres borrachos con camisas ajustadas, que era tan invisible como siempre.

Dicen que las mujeres mayores son invisibles, pero descubrí que ese momento llega mucho antes: lo atribuí a la maternidad, a las manchas en mi ropa, a la sombra del cansancio bajo mis ojos, a la cabeza gacha, con prisas. Por supuesto, las mujeres siempre miran, siempre se fijan en que los vaqueros te quedan un pelín ajustados, en lo bien que lleves el tinte. Pero, ahora, los hombres miraban para otro lado. Incluso cuando me detuve bajo un grupo de albañiles que seguían trabajando a esas horas, no hubo reclamos, ni silbidos. Siguieron escuchando la música alta, y se rieron, posiblemente de mí. Se rieron, y dejaron las piernas colgando, sin mirar siquiera cuán abajo podían caer.

Me encorvé sobre el manillar, levanté los hombros, me alejé sobre la bici. De adolescente, estuvo a punto de salirme joroba de tanto intentar esconder los pechos. De tanto intentar que nadie los viera.

Ponte recta, decía mi padre. Pero yo me daba cuenta de lo que ocurría cuando hacía eso. Cuando pedía algo de beber en una cafetería, en un bar, los hombres me clavaban los ojos en el pecho, como si fuesen ellos los que estuviesen pidiendo. En cierto momento, bajé de peso —*un palo con tetas*, se burlaban los chicos de mi clase— y cada vez que salía a la calle los hombres me decían cosas: me seguían a casa. Los veía en cada tienda, en cada calle, en cada biblioteca. Hombres adultos, hombres viejos, de la mano de sus esposas, mirándome fijamente, repasándome de arriba abajo con los ojos, examinándome.

Una noche, salí de una discoteca sola después de pelear con una amiga, fui tambaleándome a buscar un taxi. Por la mañana al despertar me dolía dentro. Sin monedero, sin teléfono. Nada más que moratones, una amargura que parecía haberse convertido en mi cuerpo entero. *Un apagón.* Pero la oscuridad estaba llena de agujeros, descubrí, recuerdos minúsculos que fueron rezumando, uno a uno. Un olor penetrante, una cabeza volviéndose. Dedos en mis caderas, apretándome la garganta. *Culpa mía.*

~

Durante mucho tiempo, solía tumbarme en la cama y rogarle a la arpía que fuese a por los que me hacían daño, que los castigara, arañara sus caras, sus manos.

Imaginaba su sorpresa cuando la vieran: una sombra creciente, tomando forma en el aire.

~

39

Comenzaba a sentir que llevaba pedaleando una eternidad, el cuerpo empapado en sí mismo, las extremidades derretidas por el esfuerzo, empujándome adelante todavía. Avanzaba ahora por una larga y fea carretera, flanqueada de supermercados desterrados, talleres de coches, ristras de casas de bordes grises cercadas de tráfico. Al final, lo sabía, había una capilla pequeñísima, agazapada, que habían construido para los leprosos mil años atrás. Me pregunté si estaría abierta, si podría echarme en los bancos, si me bendeciría algo que diera la sensación de ser Dios. Habría silencio, el zumbido extraño, continuo, de mi mente, esa curiosa armonía que sabía que subyacía a todo, si escuchabas con suficiente atención.

Pero tenía miedo, aun así, de cosas peores que yo: fantasmas y asesinos, hombres con aliento a cerveza en la noche. Todavía ahora, creía que alguien podría desearme, o desear matarme; parecían ser la misma cosa. Pasé de largo la capilla y di la vuelta hacia el mundo perfumado, tranquilo, de la ciudad universitaria de noche, salpicada de praderas, puentes, edificios antiguos que se pensaron para ser bonitos.

Llegué de nuevo al río: el mundo empezaba a difuminarse, a fundirse en una masa indiferenciada, un torbellino prehistórico de plantas, pájaros, alguna que otra vertiginosa ráfaga de cielo. El agua cabeceaba a mi lado, negra como el cuero, hospitalaria. Seguí sus recodos, una gruesa cinta que me arrastraba con ella, sin cesar, hasta que torció a un lado y yo me reincorporé al torrente interminable de coches, la radio sonando, llamadas a casa, conversaciones sobre la cena y *llego enseguida*.

Seguí adelante, esta vez, incluso cuando la carretera pasó por encima de una autopista, puentes estratificados sacudidos por el estampido de camiones pesados. Hormigón y metal —y en algún lugar, a lo lejos— el cielo. Este era el surco divisorio, el punto en el que los precios de las casas se desplomaban, los prístinos ornamentos medievales daban paso a la simple geometría: la línea plana de un trigal, el discurrir cuadriculado de las nubes. Los coches se me pegaban demasiado, indiferentes al hecho de que sus retrovisores pasasen a unos centímetros del manillar. Continué apretando, avanzando, los setos se abrían a intervalos y revelaban la luz del pleno ocaso de punta a punta del paisaje, con su amarillo intenso rosándose por los márgenes, ahumado por los gases del tráfico.

Crucé un pueblo, y luego otro, las piernas ya rotas de cansancio, las sentía amoratadas, fruta pasada antes de caer al suelo. Me planteé seguir aún más lejos, hasta llegar al mar, quizás, a unos trescientos kilómetros. Pedalearía hasta que las ruedas se quedasen encalladas en la arena, hasta que tuviese que tumbar la bicicleta de lado, echarme junto a ella y que mi cuerpo moldeara la playa.

Pero no iba hacia el mar: me dirigía a un lugar quieto y familiar, de vuelta a lo conocido. El pueblo siguiente era una brecha de la memoria, imágenes enmarcadas de una vida pasada. La verja del colegio, muda y misteriosa en la penumbra, la franja de césped, ensombrecida por los árboles altos, donde había echado en su día tragos de vodka a palo seco, su sabor brutal frente al fondo de hojas. Una tiendecita, un campanario de iglesia a lo lejos, y ya estaba ahí: aquella esquina que se volvió tan familiar, con el paso de los años, su recurrencia simple decepción, para cuando me marché. Pero ahora era otra cosa: una versión combada y desmoronada de sí misma, un retrato del tiempo.

No estaba segura siquiera, al principio, de si era la misma casa: no recordaba aquellos ojos-ventanas que se hundían de ese modo hacia la puerta, el mohín de su derrota, como avergonzada, reacia a mirarme. Un granjero se la había alquilado barata a mis padres, y desde que ellos se fueron, una sucesión de inquilinos —o de ocupas— aún peores habían dejado su huella, grabado una quemadura sobre la cocina, una pintada garabateada por toda la puerta.

No hizo falta empujar demasiado: las cerraduras estaban viejas y podridas, aflojadas por los que habían pasado antes. Se habían dejado esparcidos a sí mismos por ahí: latas de cerveza, un zapato suelto, las volutas como animales marinos de los condones abandonados. Mis padres habían vivido siempre de alquiler —como yo—, y se las habían apañado para encontrar siempre sitios con problemas. Este, el lugar en el que nos quedamos más tiempo, tenía moho y humedades ya cuando vivíamos allí, y ahora cubrían todas las paredes, un intenso verde negruzco que se extendía más allá de sus límites, hacia el jardín y más allá, a lugares en los que no había ninguna pared más a lo largo de kilómetros.

Cuando vieron la casa por primera vez, mi madre dijo que les atraía, lo de estar a su aire. *Apartados*. Nadie escuchando. Y el jardín: media hectárea, un terreno domesticado, la naturaleza de sus márgenes intentando siempre abrirse paso, y mi madre y mi padre combatiéndola con paquetes de semillas, herbicidas, un enemigo común. La casa en sí estaba siempre crujiendo y oscura en los rincones, pero mi madre trataba de tenerla arreglada: fregaba y trajinaba, igual que yo había fregado y trajinado. Y mi padre *ayudaba*, igual que Jake, y se follaba a otras mujeres, igual que había hecho mi marido.

Los había oído discutiendo a gritos por eso, justo en este cuarto, podía, si entrecerraba los ojos, ver sus voces deslizándose por las paredes, tan claras como el moho, un palimpsesto de su presencia. Cuando él se marchó al fin, justo antes que yo, lo que más me chocó fue el silencio: que mi madre y yo, juntas, no hiciésemos casi ruido. Durante años, se me olvidaba que había muerto —repentinamente, su corazón *cedió* sin más una tarde—, quería hacerle preguntas, pedirle su opinión, crear ruido con el que reemplazar aquel tiempo en el que no hablábamos.

La última vez que supe de mi padre, se había marchado del país, a algún lugar dulce y cálido. A mí me pareció lógico, que hubiese huido a ese sitio, donde las vidas de la gente parecían nadar entre placer: buena comida, luz clara, cuerpos bonitos. No tendría que volver nunca a esta humedad, ver el jardín como estaba ahora, una jungla en las ventanas.

Recorrí despacio las habitaciones, buscando cosas que sabía que nunca encontraría: juguetes viejos, mi mejor libro ilustrado. Busqué el punto en el que había grabado mi nombre, bajo el alféizar, pero solo encontré pintura blanca descolorida, un silencio vacío. Por debajo de la quietud, sentía a la gente que había estado ahí después de nosotros, rastros cambiantes de sus vidas desconocidas.

Había un colchón en una esquina del cuarto, una manta vieja, deshilachada. Me tumbé de lado, sintiendo mientras lo hacía cómo se aposentaba mi espalda, mi mente llenaba cada poro de mi piel, encendiendo un apacible fuego, la punta de una vela por los brazos, las piernas, los hombros. Estaba agotada, exhausta por completo, pero esta superficie llameaba, se arremolinaba en los márgenes de mí misma, las zonas en las que tocaba el colchón, los puntos en los terminaba yo y comenzaba el mundo.

Se veía todavía algo de luz en la ventana: la última del día, débil e indiferente. No había nadie que quisiera nada de mí, nada que hacer. Estaba la ventana, sin pedir nada. La puerta, sencilla ella misma, sin necesidades, sin gritos. El sonido de mi corazón, el tacto de la manta en los brazos y las piernas. Mi piel, caliente e inquieta. Empecé a quitarme la ropa, prenda a prenda, pensando en el colchón sucio mientras lo hacía, otras sensaciones más intensas, más importantes.

Pasé las puntas quebradizas y agrietadas de las uñas por mi piel, arriba y abajo, un alivio puro, indescriptible. La sensación de unas inusuales vacaciones en el extranjero de niña, plagada de picaduras de mosquito que mi madre no me dejaba rascar, la dicha desatada de permitírmelo por fin a mí misma, de la sensación hallando su respuesta en mi propia mano. Pensé en esas manoplas que tuvieron que llevar los chicos para no rascarse de recién nacidos, la expresión de la cara de Ted, aquella única vez que estaba tan ocupada que me olvidé de ponérselas. Cubierto de sus propios rasguños, líneas rojas que le cruzaban la barbilla, las mejillas, la frente. *Mi bebé*, me había lamentado yo. Parecía malogrado, en aquel momento. *He sido yo*, me dije. Tendría que habérselo impedido de alguna manera.

Me levanté, como si fuese a marcharme, a montarme de nuevo en la bici, cruzar la noche pedaleando hasta sus pieles, su aliento dulce junto al mío. Pero estaba ya completamente oscuro: las ventanas no me mostraron nada. Caí de rodillas, cerré los ojos, veía luces en los ángulos de mi campo de visión, oía un rugido en los oídos, una ráfaga como el viento sobrevolando las copas de los árboles. Hundí las uñas entre el pelo, encorvada, el peso sobre mis hombros como dos manos, aplastándome hacia abajo.

Y entonces: parece, por un momento, que nada de esto ha sucedido. Que estoy en casa, y mis niños están conmigo. Estoy soñando despierta, da la impresión, elevándome por encima de las agujas de la iglesia, de las obras, de los parques. Veo cada detalle, las puntadas de la ropa tendida en los jardines, las letras de sus etiquetas. Puedo seguir, planear sobre el mar, sobre los botes, las islas, hacia un horizonte tornadizo, solo distancia, sin tiempo: solo *esto*.

Abro los ojos, aferrándome a mí misma, convencida de que veré algo: criaturas, costras, apareciendo, creciendo. Miro y miro, examinando mi propio cuerpo, hasta el último milímetro. No hay nada.

~

Pero en mitad de la noche, sí lo veo, y me echo a reír: está ocurriendo, como supe siempre que ocurriría.

Yo soy ella: *yo estoy aquí.*

~

IV

~

Me despierto con la sensación de que me observan. Abro los ojos y veo la pared, la ventana quieta como un animal al acecho, buscándome.

El cristal está roto, la raja un dibujo, un mensaje. He desistido de intentar descifrarlo.

~

Llevo semanas aquí, creo. O: un solo día, el más largo que haya tenido nunca. Ha habido golpes llamando a la puerta, y los he ignorado. Más aún: me he escondido.

He encontrado un escondite en el que podía seguir explicándola: mi historia, la suya. Cómo terminamos las dos.

~

Pasa un camión por la calle principal, tan pesado que hace temblar el suelo. Pero está lejos: no se acercará por aquí.

Me pongo de lado, levanto el cuello. Detrás de mí, en algún punto, mi espalda despliega sus propios dolores, un quejido susurrante. Vuelvo a tumbarme.

~

Esta luz no basta: quiero más, la más potente que pueda encontrar, el peligro del sol radiante.

Me siento, con cuidado —un recuerdo de algo, poscirugía—, pero esta vez, en lugar de estar cortado, mi cuerpo es todo uno. Los pechos se juntan con el vientre, el vientre se junta con las piernas.

Se saludan unos a otros, como con una reverencia, y entonces me doy cuenta: la forma en que la ropa lo mantenía todo aislado.

~

Consigo levantarme, los pies ligeros sobre el suelo, las uñas curvadas rozando el brillo resbaladizo de envoltorios de galletas, bolsas de patatas. Bajo la cabeza al suelo y los pruebo, rebaño las últimas migas con la boca.

~

Creo que las paredes ya no importan tanto. Me agarro al borde de la ventana, saboreo los aires nuevos de la mañana. Tierra: carne y quemado. Hierba: frescor de menta.

*Abro la boca de par en par: ahora la puedo dejar así, me doy cuenta.
Nadie me dirá que la cierre.*

~

*Hay tantos prados, cada cual como una cara, como un cuerpo
tendido con placer. Neón, lima, esmeralda, salvia, turquesa y jade.*

Está el campo, el bosque. Este es mi sitio ahora.

~

*Llega un grito desde alguna parte, desde lo más lejano del pueblo.
Una voz joven, aguda y deseosa. Trae consigo cierta sensación,
un dolor, o un roce, pero da la impresión de que todas las sensaciones son iguales.*

Ella —yo— desperdició demasiado tiempo intentando distinguirlas.

~

*En los escalones, evitando los huecos, agujeros que me invitan
a entrar, mi cuerpo más suelto, se está acostumbrando. Voy al
jardín, de un solo movimiento, no pateando el aire como antes.
Dejando que él me lleve.*

*Se están retirando todas las nubes, veo. Veo muchísimo. Si cierro
los ojos, aparece un mapa de todo, el mundo entero desplegado,
pedazo a pedazo. Podría ir hacia él. Pero me quedo. Me miro a mí
misma. Esto basta.*

~

Cómo es volver a crecer: un tiroteo atravesando el corazón, una roca cayendo del espacio, disolviéndose entre mis huesos.

Podría hacer un estudio sobre mí misma, enseñárselo a todo el mundo. Decir quién tenía razón y quién se equivocaba. Qué autor hombre afirmó que yo debía de ser repulsiva, vestir con harapos —¡no voy vestida con nada!— o sentarme en un trono.

~

Parece que ha llegado la tarde: el sol vuelve a estar bajo y creo que eso significa tarde. Campanas por aquí cerca, repicando.

Me tumbo en los rastrojos de hierba del campo, noto como el ardor de algún planeta lejano me pone la piel roja y dura. Pero entonces me doy cuenta: podrían verme. Desde un avión, o un dron, o algún otro medio secreto.

Me muevo, me fundo con las sombras, con la maleza, el mundo un cuerpo cálido debajo de mí.

~

Algo duro entre la hierba, madera, olor de descomposición, de la vida que llena sus astillas. Un fleco de tela raída: un columpio, pienso.

Veo una cochinilla arrastrándose entre podredumbre, intento imaginar el asiento como era antes, volando por el cielo.

~

Voy hacia los árboles: es de noche. Ahora avanzo a rastras, ahora, el vientre me roza con la hierba. Una tripa de tigre, baja, peluda, acariciada por la tierra.

El verdor penetra en mí: la humedad, los senderos, mis manos en la tierra, la hierba, más alta ahora, restregándome el cuello: busca mi boca.

La oscuridad no es tan densa como me gustaría: hay un tamborileo de luz, que la raspa y la sofoca.

Aquí, creo que la gravedad me soltará al fin. Caeré arriba y adelante: me hundiré en las estrellas.

~

Estoy hambrienta, sospecho. Ahora es más complejo. Atiendo. Cuántas clases distintas de hambre hay: arañan, gimotean, buscan.

Un millar de sensaciones, veo ahora, no solo una.

~

Creo que mis nuevas manos servirán para coger bayas, y sirven; algunas están lo bastante abajo para llegarme directamente con los dientes, otras me obligan a erguirme y tirar, la boca agridulce con su frescor.

Me apoyo en un tocón, descanso la cabeza en el hombro. No tengo frío, aunque debería, y no tengo miedo, que es lo mejor de todo: la noche una oscuridad radiante frente a mí, árboles agitándose en la penumbra.

Ahora puedo esconderme en mi propio cuerpo. Puedo cerrar los ojos.

~

Me despierta un oso, creo, o un terremoto. Algo que agarra la madrugada y la parte en dos. Estaba el antes del ruido —tripa llena, mullido descanso—, y el después, una amenaza que se cierne, gigantesca, sobre todo.

Un motor. Eso es lo que es, comprendo, un motor, no en la carretera lejana, sino mucho más cerca. En el exterior de la casa.

Miedo, ahora, por primera vez, más nítido que todo lo demás, una luz fría que me recorre. Tengo que escapar.

~

Con unos pocos movimientos me planto cerca de la casa, casi ingrávida ya, capaz de saltar distancias enormes, como en los sueños, la excitación y el terror una misma cosa. Mi cabeza gira de lado a lado, lo ve todo. Cada hoja de cada árbol, moviéndose como un coro, una multitud espejeante.

Sé cómo escabullirme por la esquina sin que me vean, cómo llegar a la carretera sin atraer ninguna mirada. Pero algo sale mal. Se oyen voces gritando un nombre en el nuevo día, en esa veta de día, apenas en marcha. Es demasiado temprano: es demasiado pronto.

No pueden verme... No así.

La idea recorre mi mente, en un callado susurro, como pronunciada por otra voz.

~

Tengo que seguir, llegar a la carretera. Siento el peso de mi espalda frenándome. El corazón me late más rápido de lo que lo he sentido latir nunca: una única sensación, un zumbido, arrancando, preparándose.

Abro la boca, para soltar algo. El sonido es afilado, cortante, un desgarro atronador. Lo hago otra vez.

~

El motor se ha puesto en marcha de nuevo, puede que sea más veloz incluso que yo. No hay tiempo para ir más allá, solo este lugar, una iglesia, una torre, campanas que repican. Hay escalones, fáciles para mí, el motor deteniéndose fuera, las voces. Estoy por encima de ellas, mi aliento se deshilacha, se hace jirones.

En lo alto, una puerta, con un letrero, una advertencia. La abro, abro un camino que conduce directo al día. El pueblo entero desplegado, justo como lo veo en mi cabeza. Las calles, la autopista, el nacimiento escalonado de la ciudad.

Lo veo todo: la vida que creía que viviría. Las personas con las que pasé mis días.

Allí, en algún lugar: su casa. Mi casa. Paddy. Ted. Jake.

~

Se oyen gritos abajo, pasos que se acercan.

Y aquí: me agarro al borde de la piedra.

Me agazapo. Recojo la cabeza, miro alrededor. Avanzo hasta el mismo borde, con los ojos clavados en la lejanía.

Miro hacia la luz.

Alzo el vuelo.

Gracias

A las mujeres brillantes que apoyaron y ayudaron a dar forma meticulosamente a este libro en cada paso: mi agente, Emma Paterson, y las editoras Charlie Greig, Sophie Jonathan, Katie Raissian y Elisabeth Schmitz. El Equipo Arpía: qué suerte tan increíble trabajar con todas vosotras.

A Camilla Elworthy, Lucy Scholes, Paul Baggaley, John Mark Boling, Deb Seager, Morgan Entrekin, Lisa Baker, Lesley Thorne, Anna Watkins y todo el equipo de Picador, Grove Atlantic y Aitken Alexander, que tanta fe han mostrado en mi escritura.

A las primeras lectoras y queridas amigas mías: Rebecca Sollom y Kaddy Benyon. A un constructor (de cabañas) de primerísima categoría: Nicholas Sabey. A mis padres, Penny y Ernie, por su cariño y su ánimo constantes.

Y, por último, a mi marido y a mis hijos, que no aparecen en este libro y sin embargo me ayudaron a escribirlo de infinitas maneras. Con amor y gratitud enormes: Tim, Leo, Sylvie.

Otros títulos de la colección

EL HIJO DEL DOCTOR
Ildefonso García-Serena

CORAZONES VACÍOS
Juli Zeh

EL FINAL DEL QUE PARTIMOS
Megan Hunter

KRAFT
Jonas Lüscher

LA BALADA DE MARÍA TIFOIDEA
Jürg Federspiel

CAMPO DE PERAS
Nana Ekvtimishvili

Vegueta 🔲 **Narrativa**